ROALD DAHL
AS BRUXAS

Tradução
Jeferson Luiz Camargo

4ª edição

GALERA
—— junior ——
RIO DE JANEIRO
2025

REVISÃO
Tuca Mendes
Neuza Costa

CAPA
Isadora Zeferino

ILUSTRAÇÕES DE MIOLO
Quentin Blake

TÍTULO ORIGINAL
The Witches

CIP-BRASIL. CATALOGAÇÃO NA PUBLICAÇÃO
SINDICATO NACIONAL DOS EDITORES DE LIVROS, RJ

D129b
Dahl, Roald
  As bruxas / Roald Dahl ; ilustração Quentin Blake ; tradução Jeferson Luiz Camargo. - 4. ed. - Rio de Janeiro : Galera Júnior, 2025.

  Tradução de: The witches
  "Edição especial"
  ISBN 978-65-84824-18-8

  1. Ficção. 2. Literatura infantojuvenil inglesa. I. Blake, Quentin. II. Camargo, Jeferson Luiz. III. Título.

23-84234
CDD: 808.899282
CDU: 82-93(410.1)

Meri Gleice Rodrigues de Souza - Bibliotecária - CRB-7/6439

THE WITCHES © The Roald Dahl Story Company Limited, 1983
Roald Dahl é uma marca registrada de The Roald Dahl Story Company Ltd.

THE WITCHES: Illustrations copyright © 1983 by Quentin Blake.

Todos os direitos reservados.
Proibida a reprodução, no todo ou em parte, através de quaisquer meios.
Os direitos morais do autor foram assegurados.

Texto revisado segundo o novo Acordo Ortográfico da Língua Portuguesa.

Direitos exclusivos de publicação em língua portuguesa somente para o Brasil
adquiridos pela
EDITORA GALERA RECORD LTDA.
Rua Argentina, 120 - Rio de Janeiro, RJ - 20921-380 - Tel.: (21) 2585-2000,
que se reserva a propriedade literária desta tradução.

Impresso no Brasil

ISBN 978-65-84824-18-8

Seja um leitor preferencial Record.
Cadastre-se e receba informações sobre nossos
lançamentos e nossas promoções.

Atendimento e venda direta ao leitor:
sac@record.com.br

Uma observação sobre as bruxas

Nos contos de fadas, as bruxas sempre usam umas capas e uns chapéus pretos ridículos, e voam em cabos de vassouras.

Mas esta história não é um conto de fadas.

Esta é uma história de BRUXAS DE VERDADE.

Há uma coisa muito importante que vocês precisam saber sobre BRUXAS DE VERDADE. Prestem muita atenção, e nunca se esqueçam do seguinte:

BRUXAS DE VERDADE usam roupas comuns e parecem mulheres comuns. Elas moram em casas como as nossas e têm PROFISSÕES COMUNS. Por isso é tão difícil identificá-las.

BRUXA DE VERDADE odeia criança, com um ódio fulminante e furioso, muito mais fulminante e furioso do que vocês poderiam imaginar.

BRUXA DE VERDADE passa o tempo todo tentando descobrir um jeito de se livrar das crianças que habitam o território dela. Seu maior desejo é acabar com todas, uma por uma. A bruxa fica o dia todo só pensando nisso. Mesmo enquanto trabalha como caixa do supermercado, ou digita as cartas de algum homem de negócios, ou sai dirigindo um carrão sofisticado (e bruxa faz todas essas coisas), a cabeça dela está sempre planejando, tramando, se agitando, se inflamando, zunindo e fervilhando de pensamentos assassinos e sanguinários.

Ela fica o dia inteiro imaginando: "Qual será a criança que eu vou escolher para esmagar da próxima vez?"

BRUXA DE VERDADE sente a mesma alegria em acabar com uma criança que vocês têm em comer um prato de morangos com creme.

Ela tem de sumir com uma criança por semana, senão acaba ficando rabugenta e mal-humorada. *Uma criança por semana são cinquenta e duas por ano.*

Triturar, trucidar e sumir com elas.

Esse é o lema de todas as bruxas.

A vítima é escolhida com todo o cuidado. Em seguida, a bruxa persegue a pobre criança como um caçador persegue um passarinho na floresta. Vai pisando bem de mansinho. Vai caminhando muito quieta. Vai chegando cada vez mais perto. Aí, quando tudo está preparado... *Plaft!*... ela dá o bote. Voam faíscas. Sobem labaredas até o céu. O óleo ferve. Os ratos guincham. A pele fica toda enrugada. E a criança desaparece.

É preciso entender que bruxa não dá paulada na cabeça, não enfia faca na barriga nem dá tiro de revólver em criança. Gente que faz isso a polícia prende.

Bruxa nunca vai presa. Não esqueçam que ela tem feitiço na ponta dos dedos e maldade diabólica no sangue. Ela é capaz de fazer pedra pular feito sapo e chamas tremularem na superfície da água.

Esses poderes mágicos são assustadores.

Felizmente, hoje em dia já não existem muitas BRUXAS DE VERDADE. Mas elas ainda são suficientes para deixar todo o mundo preocupado. Ao todo, na Inglaterra, talvez elas não passem de cem. Alguns países têm mais, e outros já não têm tantas. Mas não existe país do mundo que não tenha nem uma BRUXA.

Bruxa é sempre mulher.

Não quero falar mal das mulheres. Quase sempre elas são maravilhosas. Mas o fato é que todas as bruxas *são* mulheres. Nunca existiu um homem bruxa.

Por outro lado, vampiro é sempre homem. Lobisomem também. Os dois são muito perigosos, mas nenhum deles tem a metade do perigo de uma BRUXA DE VERDADE.

Para criança, BRUXA DE VERDADE é, de longe, a criatura mais perigosa da face da Terra. E é duas vezes mais perigosa porque não *parece* perigosa. Mesmo depois de conhecerem todos os segredos (vou falar deles daqui a pouco), vocês nunca saberão com certeza se estão diante de uma bruxa ou de uma senhora muito bondosa. Se um tigre conseguisse se transformar num cachorro grande e carinhoso, provavelmente vocês iriam afagar a cabeça dele. E isso seria o seu fim. A mesma coisa acontece com as bruxas. Todas elas parecem senhoras gentis e bondosas.

Deem uma olhadinha na imagem abaixo. Sabem dizer qual delas é a bruxa? A pergunta pode ser difícil, mas uma criança deve tentar saber responder.

Algum de vocês pode muito bem ter uma vizinha que é bruxa.

Talvez a mulher de olhos lindos que hoje de manhã estava sentada a seu lado no ônibus fosse uma bruxa.

Aquela senhora de sorriso encantador que antes do almoço lhe ofereceu uma bala que ela tirou de um saquinho de papel pode ser uma bruxa.

Pode até ser — e isso vai deixá-los apavorados —, pode até ser que sua querida professora, que neste exato momento está lendo estas palavras para vocês, seja uma bruxa. Olhem bem para a professora. Talvez ela esteja rindo do absurdo desta sugestão. Não caiam nessa. Talvez isso faça parte da esperteza dela.

É óbvio que não estou querendo dizer, nem de longe, que a professora de vocês é de fato uma bruxa. Só estou insinuando que ela *poderia* ser. É muito improvável, mas — e aí vem o grande "mas" — *não é impossível.*

Ah, se pelo menos houvesse um jeito infalível de perceber se uma mulher é ou não uma bruxa! Aí então a gente pegaria todas as bruxas e as passaria pelo moedor de carne. Infelizmente esse jeito não existe. Mas *existem* alguns pequenos sinais que vocês podem tentar descobrir, pequenos hábitos e gestos que todas as bruxas têm em comum. Se vocês os conhecerem, e não se esquecerem de nenhum, talvez consigam escapar de ser trucidados antes de se tornarem adultos.

Minha avó

Antes dos oito anos, eu já tinha encontrado com bruxas duas vezes. Da primeira vez eu escapei são e salvo, mas da segunda já não tive a mesma sorte. Vocês vão ficar apavorados quando eu contar as coisas que me aconteceram. Mesmo assim, vou contar tudo. Nunca se deve esconder a verdade. O fato de eu ainda estar aqui e poder falar com vocês (por mais estranho que eu possa parecer) se deve inteiramente à minha avó maravilhosa.

Minha avó era norueguesa. Os noruegueses sabem tudo sobre bruxas, pois as primeiras bruxas vieram da Noruega, com suas florestas escuras e suas montanhas geladas. Meu pai e minha mãe também eram noruegueses, mas, como meu pai tinha negócios na Inglaterra, foi lá que nasci, cresci e comecei a frequentar a escola. Duas vezes por ano, no verão e no Natal, em pleno inverno, nós íamos para a Noruega visitar minha avó. Se bem me lembro, ela era nosso único parente vivo, tanto por parte de mãe como de pai. Ela era mãe da minha mãe, e eu a adorava. Quando nós dois estávamos juntos, falávamos norueguês ou inglês. Tanto fazia, pois éramos igualmente fluentes nessas duas línguas. Devo confessar que eu me sentia mais próximo dela do que de minha mãe.

Assim que completei sete anos, meus pais me levaram para passar o Natal na Noruega com a minha avó como sempre fazíamos. Nessa ocasião, minha mãe, meu pai e eu fomos de carro por uma estrada ao norte de Oslo. Fazia frio e nevava. O carro derrapou, saiu da pista e despencou por um barranco enorme e cheio de rochas. Meus pais morreram ali mesmo. Como eu estava no banco de trás, preso pelo cinto de segurança, só sofri um corte na testa.

Não vou contar em detalhes os horrores daquele dia. Ainda fico arrepiado só de pensar. É óbvio que me levaram de volta para a casa da minha avó. Ela me abraçou apertado, e passamos a noite inteira chorando.

— O que vamos fazer agora? — perguntei com o rosto molhado de lágrimas.

— Você vai ficar aqui comigo — disse ela —, e vou tomar conta de você.

— Não vou voltar para a Inglaterra?

— Não — disse ela. — Eu nunca moraria em outro lugar. O céu vai levar minha alma, mas os meus ossos hão de ficar na Noruega.

No dia seguinte, para tentarmos esquecer nossa tristeza imensa, minha avó começou a me contar histórias. Ela era uma ótima contadora de histórias, e eu me encantava com tudo o que ela dizia. Mas minha emoção chegou ao máximo quando ela começou a me falar sobre bruxas. Parecia conhecer bastante do assunto, e deixou bem evidente que suas histórias de bruxa, ao contrário da maioria das outras, não eram imaginárias. Eram todas verdadeiras. Eram a verdade *absoluta*. Eram fatos históricos. Tudo o que ela estava me contando sobre bruxas tinha acontecido mesmo, e era bom eu acreditar. E o pior, mas muito pior, era que as bruxas ainda estavam entre nós. Estavam à nossa volta, e seria bom eu levar isso a sério.

— Você está *mesmo* falando a verdade, vovó? *Verdade verdadeira?*

— Meu querido — disse ela —, você não vai durar muito neste mundo se não souber identificar uma bruxa.

— Mas você me disse que as bruxas parecem mulheres comuns, vovó. Então como é que vou reconhecê-las?

— Ouça-me com atenção — disse minha avó. — Nunca se esqueça do que vou dizer. Depois, só podemos fazer o sinal da cruz e rezar aos céus para que o melhor aconteça.

Estávamos na sala de estar em Oslo, e eu já estava pronto para dormir. Naquela casa as cortinas nunca eram

fechadas, e pela janela eu via os grandes flocos de neve que caíam lentamente no mundo lá fora, escuro como breu. Minha avó era bem velha e toda enrugada, e seu corpo grande e pesado estava coberto de renda cinzenta. Estava ali sentada, majestosa, e ocupando todos os centímetros de sua poltrona. Nem mesmo um ratinho conseguiria se espremer para sentar-se ali ao lado dela. E eu, com meus sete anos, estava sentado no chão a seus pés, de pijama, roupão e chinelos.

— Jura que não está brincando comigo? — perguntei. — Jura que não é mentira?

— Ouça — disse ela —, conheci pelo menos cinco crianças que simplesmente sumiram da face da Terra, e nunca mais foram encontradas. Foram levadas pelas bruxas.

— Ainda acho que você só está querendo me assustar — disse eu.

— Estou tentando evitar que lhe aconteça a mesma coisa — disse ela. — Amo muito você e quero que fique perto de mim.

— Conte-me sobre as crianças que desapareceram — pedi.

A única avó que eu vi fumar charuto foi a minha. Ela acendeu um charuto comprido e preto que tinha cheiro de borracha queimada.

— A primeira criança que desapareceu — ela disse — chamava-se Ranghild Hansen. Ela tinha mais ou menos oito anos na época, e estava brincando com sua irmãzinha no gramado do jardim. A mãe estava assando pão na cozinha e saiu da casa para tomar um pouco de ar.

"Onde está Ranghild?", ela perguntou.

"Foi dar uma volta com aquela mulher alta", respondeu a irmãzinha.

"Que mulher alta?", disse a mãe.

"A mulher alta de luvas brancas", respondeu a menina. "Ela pegou a Ranghild pela mão e a levou embora." Ninguém nunca mais viu Ranghild — disse minha avó.

— E não foram atrás dela? — perguntei.

— Procuraram por quilômetros e quilômetros. Todas as pessoas da cidade ajudaram, mas ela nunca mais foi encontrada.

— E o que aconteceu com as outras quatro crianças? — perguntei.

— Sumiram todas, do mesmo jeito que Ranghild.

— Como, vovó? Como foi que elas desapareceram?

— Em todas as vezes, uma mulher muito estranha foi vista perto da casa um pouco antes de tudo acontecer.

— Mas como foi que elas desapareceram? — insisti.

— O segundo caso foi muito esquisito — disse minha avó. — Havia uma família chamada Christiansen. Eles moravam em Holmenkollen, e na sala de estar da casa havia um quadro a óleo do qual se orgulhavam muito. No quadro se viam alguns patos no quintal de uma fazenda. Não havia pessoas na pintura, só um bando de patos no terreiro gramado da fazenda e a casa logo atrás. O quadro era grande e muito bonito. Pois bem, um dia, Solveg, a filha do casal, voltou da escola comendo uma maçã. Disse que tinha ganhado a maçã na rua, de uma senhora muito boazinha. Na manhã seguinte, a pequena Solveg não estava em sua

15

cama. Os pais procuraram por todo lado, mas não conseguiram encontrá-la. Então, de repente, o pai deu um grito: "Vejam! Lá está ela! Solveg está alimentando os patos!" Ele apontava para o quadro a óleo, e era Solveg mesmo quem estava lá. De pé no gramado, jogando para os patos uns pedacinhos de pão que ia pegando de uma cestinha. O pai correu até o quadro e tocou Solveg com a mão, mas não adiantou. A menina simplesmente fazia parte do quadro, era só uma figura pintada na tela.

— E *você* chegou a ver esse quadro com a garotinha, vovó?

— Muitas vezes — respondeu ela. — E o mais estranho era que Solveg ficava mudando de posição na pintura. Um dia ela estava dentro da casa da fazenda, e seu rosto aparecia olhando pela janela. No dia seguinte ela já estava bem no canto esquerdo do quadro, segurando um dos patos no colo.

— Você a via se mexer no quadro?

— Ninguém nunca conseguiu ver. Onde ela estivesse, do lado de fora dando pão aos patos, ou dentro de casa olhando pela janela, estava sempre imóvel como qualquer figura de qualquer quadro a óleo. Era tudo muito estranho — disse minha avó. — Estranhíssimo! E o mais estranho mesmo foi que, com o passar dos anos, Solveg foi ficando cada vez mais velha na pintura. Depois de dez anos, a garotinha tinha se transformado numa moça. Depois de trinta anos, era uma mulher de meia-idade. De repente, certo dia, cinquenta e quatro anos depois de tudo ter acontecido, ela desapareceu para sempre do quadro.

— Você quer dizer que ela morreu? — perguntei.

— Quem pode saber? — respondeu minha avó. — Acontecem coisas muito misteriosas no mundo das bruxas.

— Você já me contou sobre duas crianças — disse eu. — E o que aconteceu com a terceira?

— A terceira foi a pequena Birgit Svenson — disse minha avó. — Ela morava em frente à nossa casa, do outro lado da rua. Um dia, o corpo dela começou a ficar cheio de penas. Um mês depois, tinha se transformado numa imensa galinha branca. Durante muitos anos os pais a deixaram num galinheiro no jardim. Até ovos ela botava.

— De que cor eram os ovos? — perguntei.

— Marrons — disse minha avó. — Os maiores que já vi em toda a minha vida. A mãe dela fazia omeletes com eles. Uma delícia!

Olhei fixamente para minha avó, sentada à minha frente como uma velha rainha no trono. Seus olhos estavam nublados e pareciam estar olhando para alguma coisa muito distante dali. Naquele momento, a única coisa verdadeira que havia nela era o charuto, e a fumaça formava nuvenzinhas azuis que flutuavam em volta de sua cabeça.

— Mas a menininha que virou uma galinha não sumiu? — perguntei.

— Não, Birgit não sumiu. Ela viveu por muitos anos, e nunca deixou de botar seus ovos marrons.

— Você disse que todas as crianças tinham desaparecido.

— Eu me enganei — disse minha avó. — Estou ficando velha, e não me lembro muito bem das coisas.

— O que aconteceu com a quarta criança? — perguntei.

— O quarto era um garoto chamado Harald — disse minha avó. — Numa bela manhã, toda a pele dele começou a ficar amarelo-acinzentada. Depois ficou dura e quebradiça, como casca de noz. Quando anoiteceu, o menino tinha se transformado em pedra.

— Em pedra? — perguntei. — Pedra mesmo, de verdade?

— Granito — disse ela. — Se quiser vê-lo algum dia, posso levá-lo até lá. Os pais ainda o conservam em casa. É uma estatuazinha que fica no *hall* de entrada. As visitas usam Harald para apoiar seus guarda-chuvas.

Apesar de ainda ser muito novinho, eu não conseguia acreditar em tudo o que minha avó dizia. Mas comecei a ficar na dúvida, pois ela falava com muita convicção, muito séria, sem sorrir ou piscar.

— Continue, vovó — disse eu. — Você falou em cinco casos. E o último, como foi?

— Quer um pouco do meu charuto? — disse ela.

— Só tenho sete anos, vovó.

— Não interessa a sua idade. Se fumar charutos, nunca vai pegar resfriado.

— O que aconteceu com o número cinco, vovó?

— O número cinco — disse ela, mascando a ponta do charuto como se fosse um delicioso aspargo — foi um caso muito interessante. Um menino de nove anos, chamado Leif, foi com a família passar as férias de verão na praia. Um dia, estavam fazendo um piquenique e nadando perto das rochas numa das ilhotas que havia ali por perto. Leif deu um mergulho, e seu pai, que o observava, percebeu que o menino estava demorando muito para voltar à superfície. Quando finalmente ele apareceu, não era mais o Leif.

— E o que era então, vovó?

— Ele tinha virado um golfinho

— Não acredito! Não pode ser!

— Tinha se transformado num lindo filhote de golfinho — disse ela. — E o golfinho mais simpático do mundo.

— Vovó — disse eu.

— O que foi, querido?

— É verdade mesmo que ele se transformou em golfinho?

— Não há a menor dúvida — disse ela. — Conheci muito bem a mãe dele, e foi através dela que fiquei sabendo de tudo. Ela me contou que Leif, o golfinho, passou aquela tarde toda nadando por ali, se divertindo e levando os irmãos e irmãs nas costas. Depois, fez um gesto de adeus com as nadadeiras e desapareceu, para nunca mais voltar.

— Mas, vovó — perguntei —, como eles podiam ter certeza de que o golfinho era mesmo Leif?

— Leif conversava com eles — disse minha avó. — Ele riu e contou piadas durante todo o tempo em que os levou nas costas.

— Mas não deu o maior alvoroço quando isso aconteceu? — perguntei.

— Não muito — disse minha avó. — Não se esqueça de que aqui na Noruega estamos acostumados com esse tipo de coisa. Existem bruxas por toda parte. Bem aqui, na nossa rua, quase com certeza deve morar alguma bruxa. Está na hora de você dormir.

— Nenhuma bruxa entraria à noite pela minha janela, não é mesmo? — perguntei, tremendo um pouco.

— Não — respondeu minha avó. — Bruxa nunca faz bobagens, como escalar ou arrombar as casas das pessoas. Você vai estar muito seguro na sua cama. Venha, vou pôr você para dormir.

Como reconhecer uma bruxa

Na noite seguinte, depois de me dar banho, minha avó me levou de novo até a sala de estar para me contar mais uma história.

— Esta noite — disse a velhinha —, vou lhe contar como se faz para reconhecer uma bruxa.

— E dá para ter certeza de que a gente nunca vai se enganar? — perguntei.

— Não — disse ela —, isso é impossível. Esse é o problema. Mas sempre é possível arriscar uns bons palpites.

As cinzas de charuto caíam em seu colo, e desejei de todo o coração que ela não pegasse fogo antes de me contar como eu poderia reconhecer uma bruxa.

— Em primeiro lugar — disse ela —, BRUXA DE VERDADE está sempre de luvas.

— Talvez nem *sempre* — respondi. — E no verão, quando faz calor?

— Mesmo no verão — respondeu minha avó. — Bruxa precisa usar luvas. Sabe por quê?

— Por quê? — perguntei.

— Porque ela não tem unhas. Em vez de unhas, tem garras curvas e afiadas, como de gato, e as luvas são para escondê-las. Mas, veja bem, muitas mulheres respeitáveis usam luvas no inverno, o que significa que isso não vai ajudá-lo muito.

— A mamãe costumava usar luvas — disse eu.

— Mas não dentro de casa — respondeu minha avó.
— As bruxas não tiram as luvas nem dentro de casa. Só as tiram quando vão dormir.

— Como é que você sabe tudo isso, vovó?

— Não me interrompa — disse ela. — Apenas me ouça e entenda. A segunda coisa importante é que uma BRUXA DE VERDADE é sempre careca.

— *Careca?* — repeti.

— Careca como uma casca de ovo — disse minha avó.

Eu estava chocado. Uma mulher careca era uma coisa meio esquisita.

— E por que as bruxas são carecas, vovó?

— Não me pergunte o porquê — ela retrucou. — Mas garanto que em cabeça de bruxa não cresce um único fio de cabelo.

— Que horror!

— Repugnante — disse minha avó.

— Se elas são carecas, fica fácil reconhecê-las — disse eu.

— Nem um pouco — respondeu minha avó. — BRU-XA DE VERDADE sempre usa peruca para esconder a careca. E só usa peruca das melhores. É quase impossível perceber a diferença entre peruca de bruxa e cabelo de verdade, a não ser que a gente dê um puxão para ver se ela sai.

— Então é isso que vou ter de fazer — respondi.

— Não seja bobo — disse minha avó. — Você não pode sair por aí puxando o cabelo de todas as mulheres que encontrar, mesmo que *estejam* usando luvas. Experimente fazer isso para ver o que acontece.

— Quer dizer que isso também não adianta — disse eu.

— Essas coisas nunca funcionam quando feitas uma de cada vez — disse minha avó. — Só têm alguma utilidade quando são feitas juntas. Veja bem — continuou minha avó —, essas perucas causam um problema muito sério para as bruxas.

— Que problema, vovó?

— Elas provocam coceiras terríveis no couro cabeludo. Quando uma atriz usa peruca, ou se você ou eu resolvêssemos usar peruca, ela ficaria por cima do nosso próprio cabelo. Mas no caso da bruxa é diferente, a peruca fica diretamente sobre o couro cabeludo, e o forro dela é sempre muito áspero e coça. O resultado é que as bruxas têm coceiras horríveis e ficam com a cabeça cheia de feridas muito desconfortáveis. Elas até inventaram um nome para isso: brotoeja de peruca. Coça que não é brincadeira.

— O que mais devo observar para reconhecer uma bruxa? — perguntei.

— Olhe bem as narinas — disse minha avó. — Narinas de bruxa são um pouco maiores do que as de pessoas comuns. Elas têm as bordas sempre rosadas e encurvadas, como as bordas de alguns tipos de conchas do mar.

— E por que elas têm as narinas grandes? — perguntei.

— Para farejarem melhor — disse minha avó. — BRUXAS DE VERDADE têm faro extraordinário. Numa noite escura como breu, elas são capazes de farejar uma criança que esteja passando pelo outro lado da rua.

— Nenhuma bruxa sentiria o meu cheiro — disse eu. — Acabei de tomar banho.

— É óbvio que sentiria — disse minha avó. — Quanto mais limpo você estiver, mais fedorento será para uma bruxa.

— Isso não pode ser verdade — respondi.

— Para uma bruxa, criança limpa exala um mau cheiro insuportável — disse minha avó. — Quanto mais sujo você estiver, menos vai cheirar.

— Mas isso não tem sentido, vovó.

— Ora, é óbvio que tem — continuou minha avó. — O que a bruxa fareja não é a *sujeira*, é *você*. As bruxas ficam agoniadas é com o cheiro que sai direto da pele das crianças, exalando em ondas. Essas ondas (ondas de fedor, como dizem as bruxas) vão flutuando pelo ar até atingir em cheio as narinas delas. Elas ficam tontinhas.

— Espere um pouco, vovó...

— Não interrompa — disse minha avó. — Ouça bem o que vou dizer. Quando você ficar uma semana sem tomar banho, e sua pele estiver coberta de sujeira, é evidente que as ondas de fedor não terão força suficiente para chegar às narinas de qualquer bruxa.

— Nunca mais tomo banho — disse eu.

— É só não tomar muitos — disse minha avó. — Um banho por mês já está mais do que bom para uma criança ajuizada.

Nessas horas eu gostava da minha avó mais do que nunca.

— Vovó — perguntei —, como é que, numa noite escura, uma bruxa consegue farejar a diferença entre um adulto e uma criança?

— É que os adultos não soltam ondas de fedor — disse ela —, só as crianças.

— Mas *eu* não exalo ondas de fedor, não é verdade? — perguntei. — Não estou exalando mau cheiro agora, não é mesmo?

— Para mim, é óbvio que não — disse minha avó. — Para mim, você tem um perfume de framboesas com creme. Mas, para uma bruxa, seu cheiro seria absolutamente insuportável.

— E eu estaria com cheiro do quê? — perguntei.

— De cocô de cachorro — disse minha avó.

Aquela foi demais.

— *Cocô de cachorro!* — gritei. — Eu não tenho cheiro de cocô de cachorro! Não acredito! *Não posso acreditar!*

— E tem mais — disse minha avó, que agora falava com um certo ar de satisfação —, para uma bruxa, você estaria com cheiro de cocô fresco, daquele que o cachorro acabou de fazer.

— Não é verdade, de jeito nenhum! — eu gritei. — Sei que não estou com cheiro de cocô de cachorro, nem seco nem fresco!

— Não há o que discutir, meu querido — disse minha avó. — São coisas da vida.

Eu estava indignado. Simplesmente não conseguia acreditar no que minha avó estava dizendo.

— Portanto, sempre que uma mulher passar por você na rua tapando o nariz — continuou ela —, é bem possível que se trate de uma bruxa.

Achei melhor mudar de assunto.

— Diga o que mais é preciso fazer para identificar uma bruxa — eu pedi.

— Os olhos — respondeu minha avó. — Olhos de BRUXA DE VERDADE são muito diferentes dos seus e dos meus. Preste bem atenção neles. Verifique o meio de cada olho, onde geralmente existe um pontinho preto.

Nas bruxas, o ponto preto fica mudando de cor, e a gente vê fogo e gelo tremeluzindo bem no centro do ponto colorido. É de arrepiar!

Minha avó recostou-se na poltrona e, satisfeita, deu umas boas tragadas naquele charuto preto e fedorento. Continuei sentado no chão, olhando fascinado para ela. Não havia nenhum sorriso em seu rosto. Ela estava muito séria.

— Tem mais ainda? — perguntei.

— Óbvio que tem — respondeu minha avó. — Parece que você não está entendendo que bruxas não têm nada a ver com mulheres comuns. Elas *parecem* mulheres. Elas falam e agem como mulheres comuns. Mas, na verdade, são animais totalmente diferentes. São demônios em forma de gente. É por isso que elas têm garras, são carecas, têm nariz esquisito, olhos esquisitos, e precisam esconder tudo isso dos outros, do melhor jeito possível.

— O que mais elas têm de diferente, vovó?

— Os pés — disse ela. — Bruxa não tem dedo no pé.

— Não tem dedo no pé? — gritei. — O que é que bruxa tem no pé, então?

— Só pé — disse minha avó. — Pé de bruxa tem a ponta quadrada, sem dedo.

— E não é difícil andar assim? — perguntei.

— De jeito nenhum — respondeu minha avó. — Mas o grande problema são os sapatos. Todas as mulheres gostam de usar sapatos pequenos e de bico fino, mas as bruxas, com aqueles pés largos e de ponta quadrada, têm uma trabalheira infernal para calçar aqueles sapatos bonitos, de bico fino.

— Por que então elas não usam sapatos mais confortáveis, de bico quadrado? — perguntei.

— Elas não se atreveriam — disse minha avó. — Assim como escondem a cabeça careca com peruca, também precisam esconder seus pés de bruxa e enfiá-los naqueles belos sapatinhos.

— Mas não é muito desconforto? — perguntei.

— É um desconforto total — disse minha avó. — Mas é um problema que elas têm de enfrentar.

— Já que elas usam sapatos comuns, não é fácil reconhecê-las, não é mesmo, vovó?

— É isso mesmo — disse minha avó. — Talvez dê para perceber que elas mancam muito de leve, mas para isso é preciso estar olhando bem de perto.

— Então são essas as diferenças, vovó?

— Tem mais uma — respondeu minha avó. — Só mais uma.

— Qual?

— Saliva de bruxa é azul.

— Azul! — exclamei. — Não acredito! Não é possível que as bruxas tenham saliva azul!

— Azul como anil — disse ela.

— Você não pode estar falando sério, vovó! Ninguém pode ter saliva azul!

— Pois bruxa pode — disse ela.

— Cuspe da cor de tinta de escrever? — perguntei.

— Exatamente — disse ela. — Algumas bruxas chegam até a escrever com cuspe. Elas usam aquelas canetas antigas, com uma pena na ponta, e só vão lambendo a pena.

— E dá para *perceber* a saliva azul delas, vovó? Se uma bruxa estivesse conversando comigo, daria para perceber a cor azul?

— Só se você olhasse com muita atenção — disse minha avó. — Prestando bastante atenção, talvez você percebesse uma cor levemente azulada nos dentes dela. Mas é uma coisa que quase não se vê.

— Daria para ver bem se ela cuspisse — respondi.

— Bruxa não cospe. Elas não se arriscariam — disse minha avó.

Não era possível que minha avó estivesse mentindo para mim. Todos os dias de manhã ela ia à igreja e fazia uma oração antes de cada refeição. Quem faz essas coisas nunca mente. Eu estava mesmo começando a acreditar em cada uma de suas palavras.

— É isso — disse minha avó. — Já disse tudo o que sei, e quase nada é de muita utilidade. Continua sendo impossível dizer com certeza se uma mulher é ou não é bruxa só de olhar para ela. Mas, se ela estiver de luvas, se tiver narinas grandes, olhos estranhos, cabelo que dá a impressão de ser peruca, e se os dentes dela forem azulados, trate de sair correndo na mesma hora.

— Vovó — perguntei —, *você* encontrou alguma bruxa quando era criança?

— Uma vez — disse ela. — Só uma vez.

— E o que aconteceu?

— Não vou contar — respondeu. — Você ficaria apavorado e teria pesadelos.

— Por favor, quero saber — implorei.

— Não — disse ela. — Há coisas que são horríveis demais para serem contadas.

— Tem alguma coisa a ver com o fato de você não ter um dos polegares? — perguntei.

De repente, seus lábios envelhecidos e enrugados se comprimiram como se fossem pinças, e a mão que segurava o charuto (e onde faltava o polegar) começou a tremer levemente.

Esperei. Ela não falava, nem olhava para mim. Estava totalmente mergulhada em seus pensamentos. A conversa estava encerrada.

— Boa noite, vovó — disse eu, levantando-me do chão e dando-lhe um beijo no rosto.

Ela nem se mexeu. Saí da sala na ponta dos pés e fui para o meu quarto.

A Grã-Bruxa

No dia seguinte, chegou um homem de terno preto, com uma maleta na mão. Ficou muito tempo conversando com minha avó na sala de estar, mas não pude participar da conversa. Depois que ele foi embora, minha avó veio falar comigo, andando bem devagar e parecendo muito triste.

— Aquele homem veio me mostrar o testamento de seu pai — disse ela.

— O que é testamento? — perguntei.

— É uma coisa que as pessoas escrevem antes de morrer — respondeu ela. — Um documento em que a pessoa diz quem vai ficar com o dinheiro e as propriedades dela. Mas o mais importante é que no testamento a pessoa também determina quem vai tomar conta dos filhos dela no caso de morte do pai e da mãe.

Entrei imediatamente em pânico.

— E eu vou ficar com você, não é, vovó? — perguntei, quase chorando. — Não vou ficar com outras pessoas, não é mesmo?

— Não — disse ela. — Seu pai nunca teria feito uma coisa dessas. Ele me pediu para tomar conta de você enquanto estiver viva, mas também pediu para eu levá-lo de volta para a casa de vocês, na Inglaterra. Ele quer que a gente more lá.

— Mas por quê? — perguntei. — Por que não podemos ficar aqui na Noruega? Você odiaria morar em outro lugar! Foi você mesma que me disse!

— Sei disso melhor do que ninguém — disse ela. — Mas há muitas complicações envolvendo o dinheiro e a casa, coisas que você não conseguiria entender direito. Além disso, o testamento diz que, embora toda a sua família seja norueguesa, você nasceu na Inglaterra e começou seus estudos lá. Seu pai quer que você continue frequentando as escolas inglesas.

— Ora, vovó — exclamei. — *Você* não quer ir morar em nossa casa inglesa, eu sei que não quer!

— Não quero mesmo — disse ela. — Mas acho que não vai ter outro jeito. O testamento dizia que sua mãe tinha o mesmo desejo, e é muito importante respeitar a vontade dos pais.

Não tinha outra saída. Tínhamos de ir para a Inglaterra, e minha avó começou imediatamente a preparar a viagem.

— Suas aulas recomeçam dentro de alguns dias — disse ela —, e não temos tempo a perder.

Uma noite antes de partirmos para a Inglaterra, minha avó e eu voltamos ao nosso assunto predileto.

— Na Inglaterra não existem tantas bruxas quanto na Noruega — disse ela.

— Tenho certeza de que não vou encontrar nenhuma — respondi.

— Espero de todo coração que não encontre mesmo — disse ela —, porque as bruxas inglesas são as mais terríveis do mundo.

Enquanto ela ficava ali sentada, fumando seu charuto fedorento e falando, eu não tirava os olhos daquela mão sem polegar. Era impossível evitar. Eu estava fascinado, e ficava o tempo todo tentando imaginar a coisa terrível que teria acontecido quando ela encontrou a bruxa. Devia ter sido alguma coisa medonha e pavorosa, senão ela teria me contado a respeito. Talvez a bruxa tivesse desatarraxado o polegar dela, como um parafuso. Talvez a tivesse obrigado a enfiar o dedo no bico de uma chaleira de água fervendo até ele evaporar. Ou será que o dedo tinha sido arrancado da mão dela como se fosse um dente? Eu ficava o tempo todo tentando adivinhar.

— O que é que as bruxas inglesas fazem? — perguntei.

— Bem — disse ela, dando uma tragada no charuto fedorento —, sua maldade favorita é preparar uma poção que transforma a criança num tipo de criatura que os adultos odeiam.

— Que tipo de criatura, vovó?

— Geralmente é lesma — disse ela. — É uma de suas formas prediletas. Depois os adultos pisam na lesma e a esmagam, sem saber que é uma criança.

— Que coisa horrível! — eu gritei.

— Também pode ser pulga — disse minha avó. — Elas transformam a criança em pulga, e, sem saber o que está fazendo, a própria mãe pega o veneno contra pulgas... e era uma vez uma criança!

— Você está me deixando nervoso, vovó. Acho que não quero voltar para a Inglaterra.

— Soube de bruxas inglesas — continuou ela — que transformaram crianças em faisões e os soltaram no mato um dia antes de começar a temporada de caça aos faisões.

— Argh! — exclamei. — E eles foram caçados?

— Óbvio que sim — disse ela. — E depois foram depenados, assados e comidos no jantar.

Imaginei-me um faisão, correndo desesperadamente no meio de homens armados, desviando-me dos tiros que explodiam à minha volta.

— É verdade — disse minha avó —, as bruxas inglesas sentem o maior prazer em ficar observando os adultos acabarem com seus próprios filhos.

— Não quero nem pensar em ir para a Inglaterra, vovó.

— Sim, eu entendo — disse ela. — Também não quero, mas infelizmente não temos outra saída.

— As bruxas são diferentes em cada país? — perguntei.

— Completamente diferentes — disse minha avó. — Mas não sei muita coisa sobre as bruxas estrangeiras.

— Nem sobre as bruxas dos Estados Unidos? — perguntei.

— Não — respondeu ela. — Mas ouvi dizer que as bruxas de lá são capazes de fazer os adultos comerem seus próprios filhos.

— Essa não! — gritei. — Ah, não, vovó! Isso não pode ser verdade!

— Se é verdade ou mentira, eu não sei — disse ela. — Mas ouvi esse boato.

— Como é que elas iam conseguir fazer os pais comerem os próprios filhos? — perguntei.

— Elas transformam as crianças em cachorros-quentes — disse ela —, o que não deve ser muito difícil para uma bruxa esperta.

— Todos os países do mundo têm bruxas? — perguntei.

— Onde há gente há bruxas — respondeu minha avó. — Existe uma Sociedade Secreta das Bruxas em cada país.

— E todas elas se conhecem, vovó?

— Não — disse ela. — Cada bruxa só conhece as bruxas do seu próprio país. É rigorosamente proibida a comunicação com bruxas estrangeiras. Mas uma bruxa inglesa, por exemplo, está autorizada a conhecer todas as outras bruxas da Inglaterra. São todas amigas. Estão sempre telefonando umas para as outras e trocando receitas mortíferas. E sabe Deus sobre o que mais elas conversam. Odeio pensar nisso.

Fiquei sentado ali no chão, observando minha avó. Ela colocou a ponta do charuto no cinzeiro e cruzou as mãos sobre a barriga.

— Uma vez por ano — continuou —, as bruxas de cada país fazem uma reunião secreta. Vão todas para um determinado lugar, onde assistem a uma conferência da Grã-Bruxa do Mundo Inteiro.

— De *quem*? — perguntei.

— Ela é a rainha de todas — disse minha avó. — É todo-poderosa e totalmente impiedosa. Todas as outras bruxas ficam petrificadas diante dela, que só pode ser vista uma vez por ano, na Reunião Anual. Ela comparece para estimular o entusiasmo e o fervor das outras, e também para dar suas ordens. A Grã-Bruxa percorre todos os países, participando dessas Reuniões Anuais.

— Onde são essas reuniões, vovó?

— Correm todos os tipos de boatos — respondeu minha avó. — Ouvi dizer que as bruxas se instalam num hotel, como qualquer grupo de mulheres participantes de uma reunião. Também ouvi dizer que nos hotéis onde elas ficam acontecem coisas muito esquisitas. Dizem que as camas nunca são desarrumadas, que aparecem marcas de queimaduras nos tapetes dos quartos, que sapos são encontrados nas banheiras, e que certa vez, na cozinha, um cozinheiro descobriu um filhote de jacaré nadando numa panela de sopa.

Minha avó pegou o charuto e deu mais uma tragada, levando aquela fumaça fedorenta até o fundo de seus pulmões.

— E onde mora a Grã-Bruxa quando não está viajando? — perguntei.

— Ninguém sabe — respondeu minha avó. — Se alguém soubesse, seria possível encontrá-la e acabar com ela. Bruxólogos do mundo inteiro têm passado a vida tentando descobrir onde fica o Quartel-General da Grã-Bruxa.

— O que é um bruxólogo, vovó?

— Uma pessoa que se dedica ao estudo das bruxas, e sabe muito sobre elas — disse minha avó.

— Você é bruxóloga?

— Sou uma bruxóloga aposentada — respondeu minha avó. — Já estou muito velha para continuar na ativa. Mas, quando eu era mais jovem, viajei o mundo tentando seguir a pista da Grã-Bruxa. Nunca cheguei nem perto de descobrir.

— A Grã-Bruxa é rica? — perguntei.

— Ela nada em dinheiro — disse minha avó. — Simplesmente nada em dinheiro. Dizem que no seu quartel--general há uma máquina igualzinha à que o governo usa para fazer o dinheiro que todos nós usamos. Afinal, as notas de dinheiro são apenas pedaços de papel com alguns desenhos e imagens especiais. Na minha opinião, a Grã-Bruxa faz dinheiro à vontade e depois o distribui entre as outras bruxas.

— E o dinheiro estrangeiro? — perguntei.

— Essas máquinas fazem até dinheiro *chinês*, se a gente quiser — disse minha avó. — É só apertar o botão certo.

— Mas, vovó — perguntei —, se até hoje ninguém viu a Grã-Bruxa, como é que você tem tanta certeza de que ela existe?

Minha avó me lançou um olhar sério e demorado.

— Que eu saiba, até hoje ninguém conseguiu ver o Diabo — respondeu ela —, mas sabemos que ele existe.

Na manhã seguinte, pegamos o navio para a Inglaterra, e logo eu estava de volta à velha casa da nossa família, em Kent. Mas agora só havia minha avó para cuidar de mim. Logo depois começaram as aulas, e passei a ir à escola todos os dias. Tudo parecia ter voltado ao normal.

No fundo do nosso quintal havia um enorme castanheiro-da-índia, e nos seus galhos mais altos eu e Timmy (meu melhor amigo) começamos a fazer uma incrível casa na árvore. Só podíamos trabalhar nela nos fins de semana, mas estava ficando ótima. Tínhamos começado pelo piso. Colocamos umas tábuas bem largas entre dois galhos afastados e depois as pregamos. Um mês depois, o chão ficou pronto. Depois colocamos corrimão ao redor do piso, e aí só faltava o telhado. Essa foi a parte mais difícil.

Num sábado à tarde, como Timmy estava gripado, resolvi começar a fazer o telhado sozinho. Era uma maravilha estar lá no alto da árvore, sozinho, no meio daquele monte de folhas verdinhas. Eu tinha a sensação de estar dentro de uma caverna verde, e a altura tornava tudo mais emocionante ainda. Minha avó sempre dizia que, se eu caísse de lá, podia quebrar uma perna, e cada vez que eu olhava para baixo sentia um calafrio na espinha.

Retomei o trabalho e comecei a pregar a primeira tábua do telhado. De repente, com o rabo do olho, percebi que havia uma mulher logo ali embaixo. Ela não tirava os olhos de mim, e sorria de um jeito muito esquisito.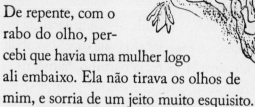
A maioria das pessoas, quando sorri, os lábios se esticam para os lados. Pois aquela mulher esticava os lábios para cima e para baixo, mostrando todos os dentes da frente e toda a gengiva, que parecia estar em carne viva.

É sempre um choque descobrir que estamos sendo observados quando achamos que estamos sozinhos.

Fosse lá quem fosse aquela mulher estranha, o que será que estava fazendo no nosso quintal?

Reparei que ela usava um chapeuzinho preto e luvas pretas, e que as luvas chegavam quase até os cotovelos.

Luvas! Ela estava de *luvas*!

Meu corpo inteiro começou a tremer.

— Tenho um presente para você — disse ela, sempre me olhando fixamente, sorrindo e mostrando os dentes e as gengivas.

Não respondi nada.

— Desça dessa árvore, garotinho — continuou ela —, eu vou lhe dar o presente mais incrível que você já ganhou.

Sua voz era engraçada, parecia barulho de metais se arranhando. Era um som meio metálico, como se ela tivesse um monte de alfinetes na garganta.

Lentamente, sem tirar os olhos de mim, ela enfiou uma daquelas mãos enluvadas na bolsa e tirou uma cobrinha verde. Ergueu a cobra para que eu a visse bem.

— Ela é mansinha — disse ela.

A cobra começou a enroscar-se em seu braço. Era de um verde brilhante.

— Se você descer, a cobra é sua — disse ela.

Ah, vovó, pensei, *me ajude!*

Então entrei em pânico. Deixei cair o martelo e fui subindo, como um macaco, mais para o alto da árvore. Só parei quando não tinha mais para onde subir, e ali fiquei, tremendo de medo. De lá eu não enxergava a mulher, pois havia camadas e camadas de folhas entre nós.

Fiquei horas lá em cima, sem mexer um dedo. Já estava escurecendo quando, finalmente, ouvi minha avó me chamando.

— Estou aqui em cima — gritei bem alto.

— Desça já! — respondeu ela. — Já passou da hora do seu jantar.

— Vovó! — gritei mais uma vez. — Aquela mulher já foi embora?

— Que mulher? — perguntou minha avó.

— A mulher de luvas pretas!

A resposta foi o silêncio, o silêncio de uma pessoa que estava chocada demais para poder falar.

— Vovó! — berrei de novo. — *Ela já foi embora?*

— Já — respondeu por fim minha avó —, já foi, sim. Estou aqui, querido. Pode descer agora, que eu tomo conta.

Então desci. Estava tremendo feito vara verde. Minha avó me abraçou.

— Vi uma bruxa — falei.

— Vamos entrar — disse ela. — Estou aqui com você, agora está tudo bem.

Ela me levou para dentro e me deu uma xícara de chocolate quente com bastante açúcar.

— Conte-me o que aconteceu — pediu.

Contei tudo.

Assim que acabei de falar, quem estava tremendo era minha avó. Seu rosto estava cinzento, e percebi quando ela olhou de relance para a sua mão sem polegar.

— Você sabe o que isso significa? — disse ela. — Significa que tem uma bruxa morando aqui no nosso bairro. A partir de hoje, você não vai mais sozinho para a escola.

— Você acha que ela está especialmente atrás de mim? — perguntei.

— Não — disse ela. — Não acho. Para essas criaturas, tanto faz uma criança ou outra.

Não é de admirar que, depois disso, eu não conseguisse pensar em outra coisa. Sempre que estava sozinho e alguma mulher de luvas chegava perto, eu imediatamente atravessava a rua. E, como continuou fazendo muito frio durante o mês todo, quase *todo mundo* usava luvas. Por mais estranho que pareça, nunca mais voltei a ver a mulher da cobra verde.

Ela foi a minha primeira bruxa. Mas não a última.

Férias de verão

Os feriados da Páscoa terminaram e começou um novo período de aulas. Minha avó e eu tínhamos planejado passar as férias de verão na Noruega, e, à noite, só falávamos nisso. Ela tinha reservado um camarote para cada um no navio que ia de Newcastle a Oslo, e nossa intenção era partir assim que terminassem as aulas. De Oslo, ela queria me levar para um lugar do litoral sul, perto de Arendal, onde tinha passado umas férias de verão quando criança havia quase oitenta anos.

— Meu irmão e eu — dizia ela — ficávamos o dia inteiro no barco a remo. Toda a costa está cheia de pequenas ilhas, e nunca há ninguém nelas. Costumávamos explorá-las, e das rochas lisas de granito nós mergulhávamos no mar. Às vezes, na volta, baixávamos a âncora e ficávamos pescando bacalhaus e pescada. Quando pegávamos alguma coisa, fazíamos uma fogueira numa das ilhas, e nosso almoço eram os peixes, que fritávamos numa frigideira. Não há peixe mais delicioso no mundo do que bacalhau fresco.

— E o que vocês usavam como isca?

— Mexilhões — disse ela. — Na Noruega, todos usam mexilhões como iscas. Quando não pegávamos peixe nenhum, fervíamos os mexilhões numa panela e comíamos.

— Ficava bom?

— Uma delícia — disse ela. — Os mexilhões cozidos em água do mar ficam macios, e nem precisam de mais sal.

— O que mais vocês faziam, vovó?

— Íamos remando até bem longe para acenar para os barcos dos pescadores de camarão que estavam voltando. Então eles paravam e davam um punhado de camarões para cada um de nós. Eram camarões quentinhos, que tinham acabado de sair da panela. Meu irmão e eu tirávamos a casca dos camarões e devorávamos todos eles. A cabeça era a parte mais gostosa.

— A cabeça? — perguntei.

— A gente espreme a cabeça entre os dentes e suga a parte de dentro. É uma delícia. Nós dois vamos fazer todas essas coisas neste verão, querido — dizia ela.

— Vovó — disse eu —, mal posso esperar. Não vejo a hora de partirmos.

— Nem eu — respondeu ela.

Quando só faltavam três semanas para acabar o semestre de aulas, aconteceu uma coisa terrível. Minha avó pegou uma pneumonia. Ficou muito doente, e uma enfermeira ficou em nossa casa para cuidar dela. O médico me explicou que hoje em dia, graças à penicilina, pneumonia deixou de ser uma doença muito perigosa. Mas também disse que quando uma pessoa já passou dos oitenta anos, como era o caso da minha avó, o perigo é maior. Nas condições em que ela estava, ele nem achava conveniente levá-la para o hospital. Assim, ela ficou de cama em casa mesmo, e eu ficava ali, perto da porta, enquanto balões de oxigênio e um monte de outras coisas assustadoras eram levadas para dentro do quarto.

— Posso entrar para vê-la? — perguntei.

— Não, meu querido — disse a enfermeira. — Por enquanto ainda não.

A sra. Spring, uma mulher gorda e bem-disposta que vinha todos os dias fazer faxina, também passou a dormir em nossa casa. Ela cuidava de mim e preparava minhas refeições. Eu gostava muito dela, mas, para contar histórias, não chegava aos pés da minha avó.

Uma noite, dez dias depois, o médico me disse:

— Agora você pode entrar, mas só por pouco tempo. Ela está pedindo para vê-lo.

Subi as escadas desesperadamente, entrei correndo no quarto da minha avó e me joguei nos braços dela.

— Ei — disse a enfermeira —, cuidado com ela.

— Você vai ficar boa, vovó? — perguntei.

— O pior já passou — disse ela. — Logo vai estar tudo bem.

— Verdade? — perguntei à enfermeira.

— É sim — disse ela, com um sorriso. — Sua avó nos disse que precisava ficar boa de qualquer jeito para cuidar de você.

Dei-lhe mais um abraço apertado.

— Eles não querem que eu fume meus charutos — disse ela. — Mas espere só eles irem embora.

— Ela é mais forte que um touro — disse a enfermeira. — Em uma semana vai estar recuperada.

A enfermeira tinha razão. Uma semana depois, minha avó já andava com dificuldades pela casa, apoiada na bengala de cabo de ouro e dando palpites nos pratos que a sra. Spring preparava para nós.

— Agradeço tudo o que fez por nós, sra. Spring — disse ela —, mas agora pode voltar para casa.

— Nem pensar numa coisa dessas — respondeu a sra. Spring. — O médico me pediu para ficar de olho na senhora, pois ainda precisa descansar bastante por alguns dias.

O médico também tinha dito outras coisas que acabaram com a nossa alegria. Disse que não poderíamos, de jeito nenhum, viajar para a Noruega naquele verão.

— Mas que droga! — gritou minha avó. — Prometi que iríamos!

— É longe demais — disse o médico. — Seria muito perigoso. Mas vou lhe dizer o que é *possível* fazer. Em vez de irem para a Noruega, leve seu neto para um belo hotel na costa sul da Inglaterra. O ar fresco do mar é exatamente do que você precisa.

— Essa não! — gritei.

— Quer que sua avó morra? — perguntou o médico.

— Nunca! — respondi.

— Pois então. Ela não pode fazer uma viagem muito longa neste verão. Ainda não está forte o suficiente. E trate de conseguir que ela pare de fumar esses charutos pretos horríveis.

O médico acabou conseguindo impor sua vontade quanto às férias, mas não quanto aos charutos. Dois quartos foram reservados para nós num lugar chamado Majestic Hotel, na famosa cidade litorânea de Bournemouth. Segundo minha avó, Bournemouth estava cheia de gente velha como ela, pessoas que acreditavam que aquele ar revigorante e saudável as manteria vivas por mais alguns anos.

— E isso acontece mesmo? — perguntei.

— Óbvio que não — disse ela. — É uma grande bobagem. Mas, pelo menos desta vez, acho que é melhor obedecermos ao médico.

Minha avó e eu pegamos o trem para Bournemouth e nos instalamos no Majestic Hotel. Era um edifício branco enorme, à beira-mar, e me pareceu um lugar muito chato para passar as férias de verão. Eu tinha um quarto só para mim, que tinha uma porta que levava ao quarto da minha avó. Assim, cada um podia passar para o quarto do outro sem ter de sair pelo corredor.

Um pouco antes da nossa partida, minha avó tinha me dado de presente, para me consolar, dois ratinhos brancos numa gaiola. É óbvio que os levei comigo. Eles eram muito engraçados. Chamei-os de William e Mary, e assim que nos instalamos no hotel comecei a lhes ensinar alguns truques. O primeiro foi subir pela manga do meu casaco e sair pelo pescoço.

Depois, aprenderam a chegar até minha cabeça, subindo pela nuca. Para conseguir isso, eu colocava pedacinhos de pão no cabelo.

Na primeira manhã que passamos no hotel, a camareira estava arrumando minha cama quando um dos ratinhos mostrou a carinha por baixo dos lençóis. A mulher gritou tanto que logo apareceu uma dúzia de pessoas querendo saber quem tinha morrido. Fui denunciado ao gerente, e no escritório dele houve uma situação muito desagradável entre ele, minha avó e eu.

O gerente, que se chamava sr. Stringer, era um homem de casaca preta, todo empertigado.

— Não vou tolerar a presença de ratos em meu hotel — disse ele.

— Como o senhor se atreve a dizer uma coisa dessas, se esta porcaria de hotel está fervilhando de ratos? — gritou minha avó.

— Ratos! — gritou o sr. Stringer, o rosto corado de raiva. — Não tem rato nenhum neste hotel!

— Pois hoje de manhã mesmo eu vi um — disse minha avó. — Passou correndo pelo corredor e entrou direto na cozinha!

— Não é verdade! — berrou o sr. Stringer.

— Pois trate de ir arrumando já uma ratoeira — disse minha avó —, antes que eu o denuncie ao Serviço de Saúde Pública. Com certeza está cheio de ratos por aí, correndo pelo chão da cozinha, roubando comida das prateleiras e mergulhando com vontade na sopa!

— Jamais! — gritou o sr. Stringer.

— Bem que hoje cedo, no café da manhã, eu reparei que minha torrada estava toda mordiscada nas beiradas — continuou minha avó implacavelmente. — Bem que eu percebi que ela estava com um gosto horroroso de rato. Se o senhor não tomar providências imediatas, o pessoal da Saúde vai mandar fechar este hotel antes que todos os hóspedes peguem febre tifoide.

— A senhora não pode estar falando sério — disse o sr. Stringer.

— Nunca falei tão sério em toda a minha vida — disse minha avó. — Vai ou não vai deixar meu neto ficar com os ratinhos no quarto?

O gerente sabia que tinha perdido a batalha.

— Posso sugerir um meio-termo, madame? — perguntou ele. — Vou permitir que seu neto fique com os ratos no seu quarto contanto que nunca saiam da gaiola. Que tal assim?

— Está muito bem — disse minha avó, levantando-se e saindo triunfante da sala. E eu atrás dela.

É impossível ensinar alguma coisa a ratinhos presos numa gaiola, mas, como a camareira não parava de nos espiar, não me atrevi a deixá-los sair. Ela tinha uma chave do meu quarto, e ficava o tempo todo entrando e saindo para ver se me pegava com os ratinhos fora da gaiola. Ela me disse que o primeiro que desobedecesse às ordens seria afogado num balde de água pelo porteiro do hotel.

Achei melhor procurar um lugar mais seguro para continuar o treinamento. Era impossível que num hotel tão grande não houvesse algum lugar vazio. Coloquei cada ratinho num bolso do casaco e saí perambulando, à procura de um lugar secreto.

O andar térreo do hotel era um labirinto de salas para os hóspedes, e cada uma tinha seu nome escrito na porta com letras douradas. Passei pelo "saguão", pela "sala dos fumantes", pela "sala de jogos", pela "sala de leitura" e pela "sala de estar", mas não achei nada que estivesse vazio.

Atravessei um longo corredor e, no fim dele, dei de cara com o "salão de baile". Ele tinha portas duplas e, na frente delas, havia um grande quadro de avisos sobre um suporte, onde estava escrito:

CONVENÇÃO DA RSPCC

ENTRADA RIGOROSAMENTE PROIBIDA
ESTE LOCAL ESTÁ RESERVADO
PARA A
CONVENÇÃO ANUAL
DA
REAL SOCIEDADE
PARA A PREVENÇÃO DA
CRUELDADE COM CRIANÇAS

As portas estavam abertas. Dei uma espiada e vi que o espaço lá dentro era imenso. Havia fileiras e mais fileiras de poltronas todas voltadas para um palco. As poltronas eram douradas e sobre cada uma delas havia uma pequena almofada. Mas não se via uma só pessoa.

Tomando todo o cuidado, deslizei para dentro do salão. Era um lugar secreto e maravilhosamente silencioso. A convenção da Real Sociedade para a Prevenção da Crueldade com Crianças devia ter sido realizada de manhã, e todos os participantes já deviam ter ido embora. E, mesmo que de repente eles voltassem e entrassem como uma enxurrada no salão, sem dúvida seriam pessoas maravilhosas, que adorariam ver um jovem treinador de ratinhos fazendo o seu trabalho.

No fundo do salão havia um biombo grande, com figuras de dragões chineses. Para não correr nenhum risco, achei melhor fazer meu treinamento atrás do biombo. Não que eu tivesse medo do pessoal da Prevenção da Crueldade com Crianças, mas o sr. Stringer, o gerente, podia aparecer de repente na porta. Se isso acontecesse, os coitados dos ratinhos iriam parar no balde do porteiro antes que eu tivesse tempo de dizer uma palavra.

Andando bem de mansinho, fui para o fundo do salão e me acomodei no tapete felpudo e verde bem atrás do biombo. Que lugar maravilhoso! Era perfeito para treinar ratinhos! Tirei William e Mary dos bolsos, e os dois ficaram quietinhos e bem-comportados ali do meu lado.

O truque que eu pretendia ensinar-lhes era andar na corda bamba. Não é muito difícil treinar um ratinho inteligente e fazer dele um equilibrista da corda bamba desde que a gente saiba exatamente o que fazer. Primeiro, é preciso ter um pedaço de barbante, e isso eu tinha. Depois, é preciso ter um bom pedaço de bolo, de preferência de bolo de passas, que é o favorito dos ratinhos brancos. Eles amam isso. No dia anterior, quando estava tomando chá com a minha avó, eu já tinha colocado um pedaço de panetone no bolso.

Vejam agora como se faz. Primeiro, a gente estica o barbante entre as duas mãos, mas é bom começar com um pedaço pequeno, de mais ou menos sete centímetros. Depois, coloca-se o ratinho na mão direita e um pedacinho de bolo na esquerda. Assim, o ratinho só vai estar a uns sete centímetros do bolo, e poderá vê-lo e sentir seu cheiro. Ele fica agitado, e seus bigodes não param de tremer.

Ele estica o corpo para tentar alcançar o bolo, mas não consegue. Aí percebe que, se der dois passos sobre o barbante, chegará aonde quer. Então ele se arrisca a avançar, e põe primeiro uma patinha sobre o barbante, e depois a outra. Se o ratinho tiver um bom senso de equilíbrio, e isso a maioria deles tem, vai atravessar o barbante com muita facilidade. Comecei com William, que passou pelo barbante sem vacilar. Para despertar seu apetite, deixei que ele mordiscasse um pedacinho de panetone e depois o coloquei de novo na minha mão direita.

Dessa vez usei um barbante maior, de mais ou menos quinze centímetros. William já sabia o que fazer. Com ótimo equilíbrio, atravessou todo o barbante e alcançou o panetone. Foi recompensado com um pedacinho.

Logo depois, William já andava por uma corda bamba (quer dizer, por um barbante bambo) de sessenta centímetros só para ganhar seu bolo. Era incrível, ele estava se divertindo muito. Eu mantinha o barbante sempre perto do tapete, para ele não levar um tombo muito grande se perdesse o equilíbrio. Mas ele não caiu nem uma vez. Sem dúvida, William era um acrobata nato, e nasceu para andar na corda bamba.

Chegou a vez de Mary. Coloquei William no tapete a meu lado, e o recompensei com mais algumas migalhas de panetone e uma uva-passa. Então repeti tudo com Mary. Como vocês podem perceber, minha maior ambição, o grande sonho da minha vida, era tornar-me um dia dono de um circo de ratinhos brancos. Eu teria um pequeno palco com cortinas vermelhas, e elas se abririam para apresentar meus ratinhos-artistas mundialmente famosos, andando na corda bamba, fazendo acrobacias no trapézio, dando saltos mortais, saltando em trampolins e fazendo muitas outras coisas. Eu apresentaria ratinhos brancos se equilibrando nas costas de ratões brancos, que percorreriam o palco num furioso galope. Já começava a me imaginar viajando pelo mundo inteiro de primeira classe, com meu famoso Circo dos Ratinhos Brancos e apresentando-me diante de todos os reis e rainhas da Europa.

De repente, quando eu já estava quase na metade do treinamento de Mary, ouvi vozes do lado de fora do salão. O som foi ficando cada vez mais alto, até que se transformou num agitado vozerio, saindo de muitas bocas. Identifiquei a voz do terrível sr. Stringer, o gerente do hotel.

Socorro, pensei. Mas fui salvo pelo biombo. Agachei-me atrás dele e espiei pela fresta entre duas de suas abas. Dali eu enxergava o salão inteirinho, mas ninguém me via.

— Bem, senhoras, estou certo de que aqui estarão muito confortáveis — dizia a voz do sr. Stringer, que passou pelas portas duplas e entrou no salão de casaca preta e tudo.

Ele gesticulava enquanto deixava entrar no recinto um grande número de mulheres.

— Se precisarem de alguma coisa, tenham a bondade de me chamar imediatamente — continuou falando. — O chá será servido a todas no terraço solar assim que terminarem sua convenção.

Dizendo isso, o gerente fez uma reverência e saiu do salão, enquanto uma multidão de senhoras da Real Sociedade para a Prevenção da Crueldade com Crianças ia entrando, fazendo um grande estardalhaço. Suas roupas eram muito bonitas, e todas estavam de chapéu.

A convenção

Depois que o gerente saiu, não senti mais muito medo. Haveria coisa melhor do que ficar trancado num salão cheio de mulheres maravilhosas como aquelas? Podia até falar com elas, para pedir que fossem fazer um trabalhinho de prevenção contra a crueldade com as crianças na minha escola, onde sem dúvida teriam muito o que fazer.

Elas foram entrando, falando pelos cotovelos. Estavam muito agitadas, procurando seus lugares, e comecei a ouvir coisas do tipo: "Mila, querida, venha sentar-se a meu lado", e "Oláááá, Beatriz! Não nos encontramos desde a última convenção! Mas que lindo o seu vestido!"

Achei melhor ficar ali mesmo e deixar que elas fizessem sua reunião enquanto eu treinava meus ratinhos. Mas, enquanto elas não se acomodavam nas poltronas, continuei espiando pela fresta do biombo. Quantas seriam? Achei que deviam ser umas duzentas. As fileiras de trás foram sendo ocupadas primeiro. Parecia que todas queriam sentar-se o mais longe possível do palco.

Bem no meio da última fileira havia uma mulher com um chapeuzinho verde, que ficava o tempo todo coçando a nuca. Ela não conseguia parar. Fiquei impressionado pelo jeito como seus dedos coçavam furiosamente a cabeça, na parte detrás do pescoço. Se ela soubesse que estava sendo observada, tenho certeza de que teria ficado muito sem graça. Fiquei imaginando que ela devia estar cheia de caspa. De repente, percebi que a mulher a seu lado estava fazendo a mesma coisa!

E a outra também!

E outra também!

Todas estavam fazendo a mesma coisa. Todas coçavam desesperadamente a nuca!

Será que estavam com pulgas na cabeça?

Era mais provável que estivessem com piolho.

Airton, um colega meu da escola, tinha apanhado piolho no semestre anterior, e a inspetora tinha feito o menino enfiar a cabeça numa bacia cheia de terebintina. Os piolhos morreram todos, e quase o Airton morreu também. Ele ficou sem pele na metade do couro cabeludo.

Comecei a ficar fascinado com aquelas mulheres que não paravam de coçar a cabeça. É sempre muito engraçado a gente pegar alguém fazendo uma coisa nojenta, e a pessoa nem perceber que está sendo observada. É como quando alguém enfia o dedo no nariz, por exemplo, ou coça o traseiro. Coçar a cabeça também é uma coisa desagradável, principalmente daquele jeito, sem parar.

Cheguei à conclusão de que elas estavam com piolho.

Foi então que aconteceu uma coisa terrível. Uma das mulheres enfiou os dedos *por baixo* do cabelo, e *todo o seu couro cabeludo* ergueu-se de uma só vez. A mão dela entrou por baixo dos cabelos e continuou a coçar!

Ela estava de peruca! E também estava de luvas! Olhei para todas as outras mulheres, que agora já estavam acomodadas em seus lugares. *Todas usavam luvas!*

Meu sangue gelou. Meu corpo inteiro começou a tremer. Desesperado, olhei para trás, em busca de uma porta por onde eu pudesse fugir.

Nada, não havia porta nenhuma.

E se eu saísse de trás daquele biombo e disparasse feito um raio na direção das portas de entrada?

Mas as portas já estavam fechadas, e havia uma mulher diante delas. Com o corpo um pouco inclinado, ela estava prendendo uma espécie de corrente metálica em volta das maçanetas.

Fique bem quieto, eu disse a mim mesmo. *Ninguém viu você.* Não há motivo para elas virem até aqui, espiar atrás do biombo. Mas um movimento em falso, uma tossida, um espirro, um soluço, qualquer barulhinho que você fizer, não é uma bruxa que vai pegá-lo, são duzentas!

Nesse momento, acho que desmaiei. A situação era muito grave para ser enfrentada por um garotinho. Mas acho que só perdi os sentidos por alguns segundos, pois quando voltei a mim ainda estava ali, deitado no tapete, e, graças a Deus, escondido atrás do biombo. À minha volta reinava um silêncio absoluto.

Tremendo de medo, fiquei de joelhos e voltei a espiar pela fresta do biombo.

Frrita como um crroquete

Todas as mulheres, ou melhor, todas as bruxas pareciam hipnotizadas. Estavam imóveis em suas poltronas, olhando para alguém que tinha aparecido no palco. Esse alguém era outra mulher.

A primeira coisa que me chamou a atenção foi o tamanho dela. Era muito baixinha, não devia ter nem um metro e meio. Ela parecia bem jovem, imaginei que tivesse uns vinte e cinco ou vinte e seis anos, e era muito bonita. Seu vestido preto era longo e muito elegante, chegava até ao chão. Suas luvas pretas chegavam até aos cotovelos. Ao contrário das outras, ela não estava de chapéu.

Para mim, aquela mulher não parecia bruxa, mas era impossível que *não* fosse, pois senão o que ela estaria fazendo lá em cima do palco? E por que, meu Deus, todas as outras bruxas estavam olhando fixamente para ela com aquela mistura de adoração, medo e respeito?

Lentamente, a jovem levou as mãos até o rosto. Seus dedos enluvados desprenderam alguma coisa por trás das orelhas, e aí... aí ela deu um puxão, e seu rosto inteiro se desprendeu! Todo aquele rosto lindo ficou inteirinho balançando em suas mãos!

Era uma máscara!

Assim que ela tirou a máscara, virou-se para o lado para colocá-la com todo o cuidado em cima de uma mesinha. Quando ela virou de frente outra vez, por pouco não deixei escapar um grito de horror.

Seu rosto de verdade era a coisa mais medonha e horripilante que eu já tinha visto na vida. Só de olhar eu já estava tremendo dos pés à cabeça. Era um rosto enrugado e encarquilhado, murcho e macilento, parecia até uma cenoura enrugada. Era uma visão terrível e apavorante. Dava a impressão de cadáver, era um rosto asqueroso, nojento, parecia coisa podre. Era como se estivesse literalmente se decompondo nas extremidades. Em volta da boca e das bochechas, a pele era toda ulcerada e carcomida pelos vermes, e era como se um monte de larvas estivesse se revolvendo por dentro dela.

Há certas coisas que são tão tenebrosas, que nós ficamos hipnotizados, não conseguimos desviar o olhar. Era o que estava acontecendo comigo. Eu estava petrificado e congelado. Estava hipnotizado pelo horror indescritível da aparência daquela mulher. Mas não era só isso. Seus olhos pareciam de serpente, faiscando daquele jeito em cima do público.

É óbvio que percebi imediatamente quem era aquela mulher: era a Grã-Bruxa em pessoa. Também percebi por que ela usava aquela máscara. Com seu rosto de verdade, ela jamais poderia circular em público, e muito menos instalar-se num hotel. Qualquer pessoa que a visse sairia correndo aos berros.

— As porrtass! — berrou a Grã-Bruxa com uma voz que encheu o salão e fez tremer as paredes. — Estão bem trrancadas e acorrentadas?

— As portas estão trancadas e acorrentadas, Vossa Majestade — respondeu uma voz que vinha do público.

Os reluzentes olhos de cobra, incrustados no fundo daquele rosto tenebroso, podre e carcomido pelos vermes, voltaram-se sem piscar para as bruxas que estavam ali, sentadas diante de sua rainha.

— Podem tirar as luvas — disse ela aos berros.

A voz dela tinha o mesmo som estridente e metálico da voz da bruxa que tinha me procurado embaixo do castanheiro. Só que a voz da Grã-Bruxa era muito mais estridente e áspera. Sua voz raspava, rangia e rosnava, grasnava, grunhia e guinchava.

Todas as mulheres do salão estavam agora tirando suas luvas. Comecei a observar as mãos das que estavam na última fileira. Estava ansioso para ver seus dedos, queria saber se minha avó tinha me falado a verdade. Ah!... E não é que tinha mesmo?... Eu estava vendo várias mãos! Eram garras marrons encurvadas nas pontas! Tinham quase cinco centímetros de comprimento e eram afiadas nas pontas!

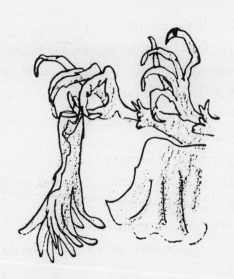

— Podem tirrar os sapatoss! — grunhiu a Grã-Bruxa. Ouvi o suspiro de alívio de todas as bruxas do salão, que começaram a descalçar os sapatos. Por baixo das poltronas, vi um grande número de pés, todos eles com meias de seda, quadrados e sem dedos. Eram horríveis, como se tivessem sido decepados por uma faca afiada.

— Podem tirrar as perrucass! — grasnou a Grã-Bruxa. Ela tinha um jeito de falar muito único, parecia, e sotaque estrangeiro. Ela enrolava e engrolava o r na boca, como se estivesse comendo torresmo quente. Prolongava o s, como uma cobra sibilando. — Tirrem as perrucas e recebam um pouco de ar frresco na pele nojenta de suas cabeças! — gritou ela.

Mais um suspiro de alívio veio do público. Todas as bruxas levaram as mãos à cabeça e tiraram as perucas, junto com os chapéus.

Diante de mim apareceram filas e filas de carecas de mulheres, um mar de cabeças sem um fio de cabelo. Estavam vermelhas e irritadas pelo forro áspero das perucas.

Nem sei descrever o quanto eram horríveis. Além disso, tudo era ainda mais grotesco porque, embaixo daquelas carecas tenebrosas, elas vestiam roupas da moda e muito bonitas. Era monstruoso, era tudo muito esquisito.

Estou perdido, pensei. *Socorro! Que Deus tenha piedade de mim! Cada uma dessas mulheres carecas é uma assassina de crianças, e eu estou aqui, preso no mesmo salão, sem ter como escapar!*

Foi então que um pensamento novo e duplamente horrível tomou conta de mim. Minha avó tinha dito que, com suas narinas especiais, elas eram capazes de farejar uma criança do outro lado da rua, mesmo numa noite escura como breu. Até agora, minha avó não tinha errado em nada. A qualquer momento, então, alguma bruxa da fileira de trás ia sentir o meu cheiro, o grito de "Cocô de cachorro!" iria tomar conta do salão, e eu ia acabar encurralado como um rato.

Ajoelhei-me sobre o tapete por trás do biombo, sem coragem nem de respirar.

De repente eu lembrei outra coisa muito importante que minha avó tinha dito: "Quanto mais sujo você estiver", dissera ela, "mais difícil vai ser para uma bruxa sentir o seu cheiro."

Há quanto tempo eu não tomava banho?

Há séculos. No hotel tinha banheiro no quarto, mas minha avó não estava nem aí para bobagens desse tipo. Para falar a verdade, acho que eu não tomava banho desde o dia em que tínhamos chegado.

Quando eu tinha lavado o rosto e as mãos pela última vez? Com certeza, não tinha sido naquela manhã. E muito menos no dia anterior.

Dei uma olhada nas minhas mãos. Estavam cobertas de manchas de sujeira e sabe-se lá do que mais.

Afinal, talvez eu tivesse uma chance de me safar. Era bem possível que as ondas de fedor não conseguissem atravessar toda a sujeira do meu corpo.

— Brruxass da Inglaterra! — rosnou a Grã-Bruxa. Percebi que ela mesma não tinha tirado a peruca, nem as luvas e os sapatos. — Brruxass da Inglaterra! — voltou ela a rosnar.

As bruxas ficaram inquietas, endireitando-se nas poltronas.

— Brruxass orrdinárrias! — berrou ela. — Brruxass inúteis e vagabundas! Brruxass miserráveiss e desastrradass! Vocês não passam de um monte de esterrco que não sserrve parra nada!

Um arrepio de pavor passou por todas as bruxas. Não havia dúvida de que a Grã-Bruxa estava de péssimo humor, e elas sabiam disso. Eu tinha a sensação de que algo ruim aconteceria em breve.

— Esstou eu tomando meu café da manhã hoje cedo — gritou a Grã-Bruxa — e o que vejo quando olho pela janela? Estou perguntando a todass: *o que vejo*? Vejo uma cena revoltante! *Uma multidão* de crriancinhass nojentass brrincando na arreia! Porr pouco não vomitei meu café da manhã! Porr que vocêss não acabarram com elass? — disse ela aos berros. — Porr que não trrucidarram todas essas crriançass imundass e fedorrentass?

Cada palavra que ela pronunciava era acompanhada por um verdadeiro esguicho de um líquido viscoso e meio azulado.

— Porr quê!? — gritou ela.

Ninguém respondeu nada.

— Crriançass fedem! — berrou ela. — Elas empessteiam o mundo inteirro! Não querremoss saberr de crriança nenhuma porr aqui!

Todas as cabeças carecas do público assentiram, concordando.

— Parra mim não bassta uma crriança porr ssemana — rosnou a Grã-Bruxa. — É o máximo que vocêss conseguem fazerr?

— Vamos melhorar — murmurou o público. — Vamos melhorar muito.

— Melhorrar ainda é pouco! — guinchou a Grã-Bruxa. — Exijo o máximo de eficiência! Parra isso, aqui esstão minhas orrdens! Quando eu voltarr aqui, dentrro de um ano, querro que todass as crriançass deste paíss tenham sido varridass do mapa, esganadass, trrucidadass, degoladass e chacinadass! Estou sendo clarra?

Um murmúrio de inquietação passou por todo o público. Percebi que as bruxas olhavam umas para as outras com uma expressão muito perturbada. Então uma delas, que estava na primeira fila, disse bem alto:

— *Todas* as crianças? É impossível acabarmos com *todas* elas!

A Grã-Bruxa virou-se bruscamente para o lugar de onde tinham falado aquelas palavras. Foi como se alguém lhe tivesse dado uma alfinetada no traseiro.

— Quem foi que disse isso? — perguntou ela com os olhos brilhando de ódio. — Quem é que sse atrreve a discutirr comigo? Foi você, não foi? — E seu dedo enluvado, com a ponta fina como uma agulha, foi apontado em direção à bruxa que tinha falado.

— Não foi essa a minha intenção, Vossa Majestade — respondeu a bruxa, tremendo de medo. — Nem pensei em discutir nada! Só estava falando sozinha!

— Você se atrreveu a disscutirr comigo! — rosnou a Grã-Bruxa.

— Eu só estava falando sozinha! — respondeu, chorando, a bruxa infeliz. — Juro que não estou mentindo, Vossa Majestade.

O corpo da bruxa tremia inteiro de medo. A Grã-Bruxa deu um passo à frente, e, quando voltou a falar, sua voz era tão horrível que meu sangue gelou.

— *Essa brruxa estúpida que me retrruca um ssenão*
Vai queimarr até seus ossos virrarem carrvão! — disse ela aos berros.

— Não, não! — implorava a bruxa da primeira fileira. Mas a Grã-Bruxa continuou:

— *Essa brruxa ssem nenhuma inteligência*
Merece queimar com toda inclemência!

— Tenha piedade de mim! — gritou de novo a bruxa desastrada. A Grã-Bruxa nem tomou conhecimento dela e voltou a falar:

— *Uma brruxa como você me dá assco,*
E vai sserr assada como churrassco!

— Peço mil perdões, Vossa Majestade! — gritou a bruxa que tinha caído em desgraça. — Não foi a minha intenção!

Mas a Grã-Bruxa continuou sua terrível ladainha:

— *Essa brruxa que de erro ousa me acusarr*
Porr pouco tempo entrre nóss vai ficarr!

Assim que ela acabou de falar, seus olhos lançaram faíscas que pareciam raios incandescentes diretamente contra a bruxa que tinha ousado contrariá-la. As faíscas a atingiram em cheio e foram queimando todo o seu corpo. Ela deu um grito tenebroso, e no mesmo instante começou a desaparecer no meio de uma enorme fumaceira. O salão foi invadido por um cheiro de carne queimada.

Ninguém se mexia. Como eu, todas olhavam para a fumaça, e quando ela sumiu a poltrona estava vazia. Ainda consegui ver uma coisa meio branca e transparente, que parecia uma nuvenzinha, subir flutuando até desaparecer pela janela.

O público soltou um longo suspiro.

A Grã-Bruxa percorreu o salão com os olhos.

— Essperro que, porr hoje, ninguém mais resolva me contrrariarr — disse ela.

A resposta foi um silêncio absoluto.

— Frrita como um crroquete — disse a Grã-Bruxa. — Cozida como uma cenoura. Vocêss nunca mais voltarrão a *vê-la*. Agorra vamoss ao que interressa.

Fórmula 86 de Ação Tardia
para Fazer Ratos

— As crriançass são revoltantess! — berrou a Grã-
-Bruxa. — Vamos acabarr com todass! Vamos varrê-las
do mapa! Vamos fazerr com que sumam pelos esgotoss!

— Isso mesmo! Isso mesmo! — respondia o público em
coro. — Acabar com todas! Varrê-las do mapa! Fazê-las
sumir pelos esgotos!

— Crriançass são nojentass e fedorrentass! — trovejou
a Grã-Bruxa.

— São mesmo! São mesmo! — responderam em coro
as bruxas inglesas. — São todas nojentas e fedorentas!

— Crriançass são porrcass e imundass! — berrou a
Grã-Bruxa.

— Porcas e imundas! — gritaram as bruxas, cada vez
mais entusiasmadas.

— Crriançass têm cheirro de *cocô de cachorro*! — guinchou a Grã-Bruxa.

— Que nojo! — gritou o público. — Que nojo, que
coisa mais asquerosa!

— E elass são piorress do que cocô de cachorro! —
grunhiu a Grã-Bruxa. — Comparrado com as crriançass,
cocô de cachorro tem um perrfume de rosas e violetas!

— De rosas e violetas! — responderam em coro todas
as bruxas. Elas aplaudiam e explodiam em elogios a cada

palavra que vinha do palco. Pareciam totalmente enfeiti-
çadas pela oradora.

— Falarr sobre crriançass esstá me deixando enojada
— gritou a Grã-Bruxa. — Fico com ânsiass de vômito só
de *pensarr* nelass! Trragam-me já um sssaquinho plástico!

A Grã-Bruxa fez uma pausa e olhou fixamente para
aquele monte de rostos ansiosos diante dela. Estavam
esperando, e queriam mais.

— Agorra ouçam muito bem! — vociferou a Grã-
-Bruxa. — Tenho um plano! Tenho um plano gigantessco
parra acabarr com todass asss crriançasss da Inglaterra!

As bruxas estavam ofegantes e boquiabertas. Viravam-
-se umas para as outras, arreganhavam os dentes freneticamente e trocavam sorrisinhos que as deixavam com
cara de vampiras.

— Sim! — trovejou a Grã-Bruxa. — Vamoss arrasá-las
e massacrrá-lass, e fazerr com que, de um só golpe, todoss
esses fedelhoss fedorrentoss desaparreçam da Inglaterra!

— Que maravilha! — gritavam as bruxas, aplaudindo
sem parar. — Não há ninguém mais sublime e brilhante
do que Vossa Majestade!

— Calem a boca e esscutem! — rosnou a Grã-Bruxa.
— Esscutem muito bem, e nada de trrapalhadass!

As bruxas inclinaram-se todas para a frente, ansiosas
para saber como seria feita aquela mágica.

— Cada uma de vocêss — trovejou a Grã-Bruxa — vai
voltarr imediatamente parra suas casass e pedirr demissão de seus emprregoss. Pedirr demissão! Exonerrar-se!
Aposentarr-se!

— É o que vamos fazer! — gritaram elas. — Vamos todas pedir demissão!

— E, depoiss que se demitirrem de seus empregoss — continuou a Grã-Bruxa —, cada uma vai terr que comprarr...

E, nesse momento, ela fez uma pausa.

— O que é que vamos comprar? — berraram todas. — Diga-nos, ó Brilhantíssima Majestade, o que é que vamos comprar?

— Confeitarriass! — berrou a Grã-Bruxa.

— Confeitarias! — gritaram elas. — Vamos todas comprar confeitarias! As piadas de Vossa Majestade são sempre as melhores!

— Cada uma vai comprarr uma confeitarria. E vão comprarr as melhorres e mais respeitáveis confeitarriass da Inglaterra.

— É o que vamos fazer! — responderam elas. Suas vozes horríveis pareciam um coro de brocas de dentista rangendo todas ao mesmo tempo.

— Não querro saberr de nenhuma porrcarria de lojinha vagabunda, dessass onde se vendem cigarros, jorrnais e doces! — disse aos berros a Grã-Bruxa. — Querro que comprrem as maiss finas confeitarriass, com pilhass e mais pilhass dos mais deliciosos docess e chocolatess!

— Só as melhores! — gritaram elas. — Vamos comprar as melhores confeitarias da cidade!

— E não vai serr nem um pouco difícil — gritou a Grã-Bruxa —, pois vão oferrecer um preeço quatrro vezess mais alto, e ninguém vai recusarr uma oferrta dessass!

Como vocêss sabem, dinheirro nunca foi prroblema parra nóss, brruxas. Comigo chegarram seis caminhões abarrotadoss de dinheiro, em notass novinhas em folha. E todas elas — acrescentou a Grã-Bruxa, com um olhar diabólico e malicioso —, todass elas forram feitass em casa!

As bruxas na plateia gostaram da piada e arreganharam os dentes num sorriso.

Nesse momento, uma bruxa estúpida ficou tão entusiasmada com a ideia de ter uma confeitaria que se levantou e começou a gritar:

— As crianças virão aos montes para a minha confeitaria, e aí vou empanturrá-las de doces e chocolates envenenados e acabar com elas como se fossem baratas!

Um grande silêncio encheu o salão. A Grã-Bruxa empertigou seu corpinho e ficou rígida de ódio.

— Quem foi que falou? — guinchou ela. — Foi *você*! Você ali!

A culpada sentou-se rapidamente e cobriu o rosto com as mãos cheias de garras.

— Sua bessta esstúpida! — rosnou a Grã-Bruxa. — Seu animal desmiolado! Serrá que não perrcebe que, sse começarr a envenenarr crriancinhass, vai ser prresa em cinco minutos? Jamais em minha vida ouvi uma brruxa fazerr uma ssugestão mais absurda!

O público se encolheu de medo, e as bruxas tremiam inteiras. Tenho certeza de que todas pensaram, como eu, que dali a um segundo aquelas faíscas incandescentes iam ser disparadas de novo.

Para minha grande surpresa, não foi o que aconteceu.

— Se uma baboseirra dessass é o máximo em que conseguem pensarr — trovejou a Grã-Bruxa —, não é de admirrar que a Inglaterra essteja ferrvilhando de crriancinhass fedorrentas!

Um grande silêncio tomou conta do salão. A Grã-Bruxa encarou as bruxas sentadas diante dela.

— Vocês então não sssabem — disse ela aos berros — que nós, brruxass, só trrabalhamos com a magia?

— Sabemos, Vossa Majestade! — responderam todas. — É óbvio que sabemos!

A Grã-Bruxa esfregou as mãos enluvadas e esqueléticas e gritou:

— Pois então, todas vão comprrar uma confeitarria magnífica! E, logo em seguida, vão anunciarr, em suas vitrriness, que vai haverr uma Inaugurração em Grrande Gala, com doces e chocolates de grraça parra todas as crriançass!

— E os fedelhos gulosos virão aos montes! — gritaram as bruxas. — Vão se estapear para ver quem entra primeiro!

— Em seguida — continuou a Grã-Bruxa —, vocês vão se prreparrar parra a Inaugurração em Grrande Gala, enchendo cada doce e cada chocolate com minha última e marravilhosa fórrmula mágica! O nome dela é FÓRRMULA 86 DE AÇÃO TARRDIA PARRA FAZERR RATOS!

— Ação tardia para fazer ratos! — disseram todas em coro. — Vossa Majestade já inventou mais uma de suas maravilhosas poções para matar crianças! Como é que vamos prepará-la, ó Brilhantíssima?

— Tenham paciência — respondeu a Grã--Bruxa. — Antes de mais nada, vou explicarr como funciona minha Fórrmula. Prresstem muita atenção.

— Estamos ouvindo! — gritaram as bruxas, pulando nas poltronas, de tanta animação.

— A Ação Tarrdia parra Fazerr Ratoss é um líquido verrde — explicou a Grã-Bruxa —, e basta uma gotinha em cada doce ou chocolate. Vejam o que acontece:

— Crriança come chocolate com Ação Tarrdia para Fazerr Ratos...

— Crriança vai parra casa se ssentindo muito bem...

— Crriança vai parra a cama ainda se ssentindo muito bem...

— Crriança acorrda cedo, e ainda não aconteceu nada...

— Crriança vai parra esscola ssem nenhum prroblema...

— A Fórmula, como eu já lhe disse, é de *ação tarrdia*, e ainda não começou a funcionarr.

— Estamos entendo tudo, ó Grã-Sabedoria — gritaram as bruxas. — Mas quando é que começa a fazer efeito?

— Começa exatamente às nove horrass, quando a crriança esstá chegando à escola! — gritou triunfalmente a Grã-Bruxa. — A crriança chega à escola. Mal acabou de chegarr, a Fórmula começa a entrrar em ação. A crriança começa a encolherr. A crriança vai ficando cheia de peloss. Um rabo começa a crrescer na crriança. Tudo acontece exatamente em vinte e sseis ssegundoss. Depois de vinte e seis ssegundoss, a crriança já não é maiss crriança. É um rato!

— Um rato! — gritaram as bruxas. — Mas que ideia fantástica!

— As salas de aula esstarrão ferrvilhando de ratos! — berrou a Grã-Bruxa. — O caos e o pandemônio tomarrão conta de todass as escolass inglesas! Os prrofessorress estarrão pulando num pé só! As prrofessorass estarrão em cima das mesas, ssegurrando as saias e grritando "Socorro! Socorro!".

— É assim mesmo que vai ser! — gritava o público.

— E agorra imaginem — gritou a Grã-Bruxa — o que vai acontecer em todas as esscolas!

— Diga-nos! — gritaram todas. — Diga-nos sem demora, ó Grã-Sabedoria!

A Grã-Bruxa esticou o pescoço todo enrugado para a frente e deu um sorriso pavoroso, deixando à mostra duas fileiras de dentes pontudos e ligeiramente azulados. Ela levantou a voz e berrou:

— *Vão ficarr cheiass de ratoeirass!*

— Ratoeiras! — repetiram as bruxas.

— E queijo! — trovejou a Grã-Bruxa. — Todos os prrofessorres, afobados, vão trazer ratoeirras, colocarr basstante queijo nelas e espalhá-lass pela esscola toda! Os ratos começam a morrdiscar o queijo! As ratoeirrass começam a funcionarr! Na esscola inteirra ssó sse ouvem rangidoss e estaloss, e cabeçass de ratos vão começarr a rolarr pelo assoalho como se fossem bolinhas de gude! Porr toda a Inglaterra, em cada uma dass esscolass inglesas, a única coisa que se vai ouvir é o estalo das ratoeirras!

Nesse momento, a velha e asquerosa Grã-Bruxa deu início a uma espécie de dança das bruxas. Subindo e descendo pelo palco, batia palmas e marcava o compasso com os pés. O público também começou a bater os pés e a acompanhar o ritmo com palmas. Era uma barulhada tão grande que tive certeza de que o sr. Stringer acabaria ouvindo e viria correndo bater na porta. Mas nada disso aconteceu.

Foi então que, no meio de todo aquele barulho, ouvi a voz da Grã-Bruxa guinchando algo que parecia uma horrível canção de triunfo:

— *Que morram as crrianças! Acabem com cada uma delas!*
Frritem sua pele, joguem seus ossoss em mil panelas!
Trriturrem, essmaguem, despedacem uma por uma!
Exterrminem, aniquilem, esspatifem e trrucidem cada uma!
Oferreçam-lhes docinhoss embebidoss em mágica poção,
Peçam-lhes que comam, fingindo grrande afeição!
Empanturrem todas de docinhos pegajosos,
E que comam achando que ssão maravilhososs.
Depois, bem cedinho, que esses bocós de mola
Ponham-se logo a caminho da escola.
Uma menina se sente mal, a cor vai perrdendo
E começa a grritar: "Meu rabo está crrescendo!"
Então grrita um menino, que faz o mesmo currsso:
"Socorro! Esstou ficando mais peludo que um urrsso!"
Outrro grrita: "Estamos virrando monstrrinhos!
Em todos nós estão nascendo bigodess de ratinhoss!"
Um deles, quase da alturra de um caniço,
Chora e diz: "Estou encolhendo, o que serrá isso?"
De repente, quatrro perrninhass começam a despontarr
Nas crrianças que antes disso ali estavam a estudarr.
E agorra, como se ratos fossem todoss os seuss paiss,
Não se vê mais uma crriança, só RATOS e nada maiss.
Porr todas as escolas, ratoss em prrofusão,
A correr pelo assoalho em grrande confusão.

E as pobrres prrofessorrass, na maior correria,
Dizem aos berross: "De onde saiu toda essa ratarria?"
Sobem nas carrteirrass, de onde grritam sem parrarr:
"Forra, bichos nojentos, ou um porr um vamoss matarr!
Trragam muitas ratoeirrass, porr favorr,
E vamos acabarr já com todo esse horror!"
Chegam as ratoeirrass, e muito queijo num prrato,
E a cada golpe vai esstalando uma cabeça de rato.
As ratoeirrass têm uma mola fatal e incomum
Que cai como um punhal, e lá se foi mais um!

Não há ssom que mais nos possa agrradar,
Nem melhorr música parra uma brruxa esscutarr!
Ratos mortoss porr todo o chão,
Pilhass e mais pilhass de montão!
Os mestrress prrocurram depoiss da matança
Mas não há como encontrrar uma só criança!
As prrofessorrass grritam: "O que é isso?
Serrá que nessass crrianças derram ssumiço?
Já passa de nove e meia, mas é o fim!
Elas nunca se atrrasam tanto assim!"
E, como não ssabem mais o que fazerr,
Alguns prrofessorress começam a lerr
Enquanto outrros se diverrtem pelo dia aforra
Levando aquele monte de ratoss embora.
VIVA!
GRRITAM AS BRUXAS NA MESMA HORRA.

A receita

Vocês não devem ter esquecido que, enquanto tudo isso acontecia, eu ainda estava escondido atrás do biombo, de quatro, com o olho grudado numa fresta. Não sei por quanto tempo eu estava ali, mas parecia que desde sempre. O pior era não poder tossir, nem fazer nenhum barulhinho. Sabendo disso, meu silêncio era total. Além disso, eu estava o tempo todo apavorado com a ideia de que alguma das bruxas da última fileira pudesse farejar minha presença com suas narinas especiais.

Minha única esperança era o fato de que havia muitos dias eu não tomava banho. E eu também contava com a ajuda daquela barulheira infernal, daquela agitação e bateção de palmas que pareciam não ter mais fim. As bruxas não enxergavam nada além da Grã-Bruxa lá em cima do palco e só pensavam em seu grandioso plano para exterminar todas as crianças da Inglaterra. Certamente não estariam farejando nenhuma criança ali no salão. Nem nos seus sonhos mais terríveis (se é que as bruxas têm sonhos) essa ideia lhes teria passado pela cabeça. Fiquei ali quietinho, rezando.

A tenebrosa canção de triunfo da Grã-Bruxa tinha terminado, e o público, alvoroçado, gritava:

— Brilhante! Sensacional! Maravilhoso! Que gênio, ó Grã-Sabedoria! Essa Ação Tardia para Fazer Ratos é uma invenção magnífica! Vai ser o maior sucesso! E o mais incrível é que essas criancinhas fedorentas vão ser trucidadas pelos seus próprios professores! Não teremos de fazer nada! Nunca seremos presas!

— As brruxas nunca vão prresass! — berrou a Grã-Bruxa. — E agorra, muita atenção! Querro todass muito atentas, pois vou ensinar-lhess a prreparrar a Fórrmula 86 de Ação Tarrdia parra Fazerr Ratos!

De repente, uma enorme agitação tomou conta do público. Tudo se transformou numa grande algazarra de berros e guinchos, e vi que muitas bruxas pulavam, apontando para o palco e gritando:

— Ratos! Ratos! Ratos! Ela nos fez uma demonstração! A Grã-Sabedoria transformou duas crianças em ratos, e lá estão elas!

Olhei para o palco. Os ratos estavam ali mesmo, e eram dois, correndo em círculos em volta da barra do vestido da Grã-Bruxa.

Mas não eram ratos-do-mato, nem ratos caseiros, nem ratos-de-paiol, nem ratos-das-searas: eram *ratinhos brancos*! Percebi imediatamente que eram os meus, William e Mary!

— Ratos! — gritou o público. — Nossa rainha fez dois ratos surgirem do nada! Tragam ratoeiras! Mandem buscar queijo!

A Grã-Bruxa se abaixou e, como não podia deixar de ser, ficou olhando surpresa para William e Mary. Curvou-se ainda mais, para ver mais de perto. Aí empertigou-se toda e gritou:

— Quietass!

As bruxas calaram a boca e se sentaram.

— Não tenho nada a verr com esses ratos! — disse ela, aos berros. — São ratoss *de estimação*! É clarro que perrtencem a alguma crriancinha nojenta que está hospedada nesste hotel! E deve serr um garroto, pois meninass não costumam terr ratinhoss de estimação!

— Um garoto! — gritaram as bruxas. — Um garotinho nojento e fedorento! Vamos reduzi-lo a pó! Vamos massacrá-lo! Vamos comer suas entranhas no café da manhã!

— Silêncio! — berrou a Grã-Bruxa, erguendo as mãos. — Vocês sabem muito bem que, enquanto estiverrem nesste hotel, não devem chamarr a atenção de ninguém! Vamoss fazerr o possível parra nos livrrar desse fedelho fedorrento, mas temos que sserr absolutamente discrretass. Afinal, não somos as respeitabilíssimas senhorras da Real Sociedade parra a Prrevenção da Crrueldade com Crriançass?

— E qual a sugestão, ó Grã-Sabedoria? — gritaram todas. — Como vamos nos livrar desse montinho de imundície?

Elas estão falando de mim, pensei. *Na verdade, essas mulheres estão tentando descobrir um jeito de acabar comigo.* Comecei a suar frio.

— Seja lá quem forr esse fedelho, não tem a menorr imporrtância — anunciou a Grã-Bruxa. — Deixem comigo. Quando eu ssentirr sseu cheirro, vou trransforrmá-lo num bom peixe, e vamoss todass comê-lo no jantarr.

— Bravo! — gritaram as bruxas. — Corte a cabeça dele, arranque seu rabo e frite-o em manteiga!

Vocês podem imaginar que tudo aquilo estava me deixando com os nervos à flor da pele. William e Mary ainda estavam correndo pelo palco, e vi a Grã-Bruxa dar um pontapé rápido e fulminante em William. Ela o acertou com a ponta do sapato, e ele saiu voando. Em seguida, fez o mesmo com Mary. Ela tinha uma pontaria extraordinária, e seria uma grande jogadora de futebol. Os dois ratinhos foram bater na parede e, por alguns momentos, ficaram no chão, meio atordoados. Mas logo se levantaram e saíram em disparada.

— Atenção outrra vez! — estava gritando a Grã-Bruxa. — Vou agorra ensinar-lhess a receita parra o prreparro da Fórmula 86 de Ação Tarrdia parra Fazerr Ratos! Todas com lápis e papel na mão!

Bolsas se abriram por todo o salão, e de dentro delas foram tirados montes de cadernos.

— Dê-nos a receita, ó Grã-Sabedoria! — gritava o público, impaciente. — Transmita-nos o segredo.

— Prrimeirro — disse a Grã-Bruxa —, prrecisei descobrrir alguma coisa que fizesse as crriançass se encolherrem rapidamente.

— E que coisa é essa? — gritaram as bruxas.

— Isso foi muito ssimples — disse a Grã-Bruxa. — Para encolherr uma crriança, é só fazê-la olharr pelo telescópio virado ao contrário.

— Ela é uma maravilha — gritou o público. — Quem mais poderia ter pensado numa coisa dessas?

— Porrtanto, peguem a extrremidade contrária de um telescópio — continuou a Grã-Bruxa — e a ponham parra ferrver até ficarr bem macia.

— Quanto tempo demora? — perguntaram as bruxas.

— Vinte e uma horrass de ferrvurra — respondeu a Grã-Bruxa. — Enquanto ela ferrve, peguem exatamente vinte e cinco ratinhoss marronss e corrtem seus raboss com uma faca bem afiada. Em seguida, frritem os raboss em óleo de cabelo, até ficarrem bem tostadoss.

— E o que fazemos com os ratos de rabo arrancado? — perguntaram as bruxas.

— Vocês vão cozinhá-loss por uma horra, em fogo brrando e em suco de saposs — foi a resposta. — Mas ouçam bem. Até aqui, ensinei-lhess a parrte mais fácil da receita. O grrande prroblema vai serr colocarr o que vai resultarr numa verrdadeirra ação tarrdia, uma coisa que as crriançass poderrão comerr, mas que ssó vai começarr a funcionarr às nove horras da manhã seguinte, quando chegarrem às escolass.

— Qual foi a solução encontrada, ó Grã-Sabedoria? — gritaram todas.

— Conte-nos o grande segredo.

— O ssegrredo — anunciou triunfalmente a Grã-Bruxa — é um *desperrtadorr*!

— Um despertador! — gritaram elas. — Que lance de gênio!

— Óbvio que é. Vocêss podem regularr um desperrtadorr de vinte e quatrro horras parra o dia de hoje, e seu alarrme vai disparrar exatamente às nove horrass de amanhã.

— Mas vamos precisar de cinco milhões de despertadores! — gritaram as bruxas. — Precisaremos de um para cada criança!

— Estúpidas! — berrou a Grã-Bruxa. — Quando a gente querr um bife, não prrecisa frritar a vaca inteirra! E o mesmo acontece com oss desperrtadorres. Um relógio é o ssufficciente parra mil crriançass. Vejam bem o que é prreciso fazerr. Regulem o alarrme parra desperrtarr às nove horrass da manhã seguinte. Depois levem-no ao forrno, até ficarr bem macio e tostado. Estão anotando tudo?

— Estamos, Vossa Majestade, estamos! — gritaram elas.

— Em seguida — disse a Grã-Bruxa —, peguem o telescópio cozido, os rabinhoss de rato frritoss e os ratoss cozidoss, misturrem tudo e coloquem na batedeirra. Ponham na velocidade máxima, parra misturrar bem. O resultado vai serr uma massa bem grrossa. Enquanto a batedeirra ainda estiverr ligada, coloquem a gema de um ovo de pássaro-croca.

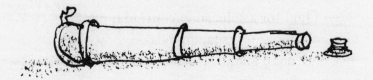

— Um ovo de pássaro-croca! — gritaram as bruxas. — Ótimo! Vamos fazer isso mesmo!

Em meio a toda aquela balbúrdia, ouvi uma bruxa, na última fileira, dizer à que estava sentada a seu lado:

— Já estou muito velha para andar subindo em árvores atrás de ninhos de pássaros. Aquelas crocas cor de fogo sempre fazem seus ninhos muito no alto.

— Pois então misturrem os ovos — continuava a Grã--Bruxa —, e também misturrem, uma depois da outrra, as seguintess coisass: a garra de um esmaga-carranguejo, o ferrão de um gafanhão-marrítimo, a trromba de um elefante-borrbotão e a língua de um gato-ssaltadorr. Tenho cerrteza de que não vai serr difícil encontrrar esses bichos.

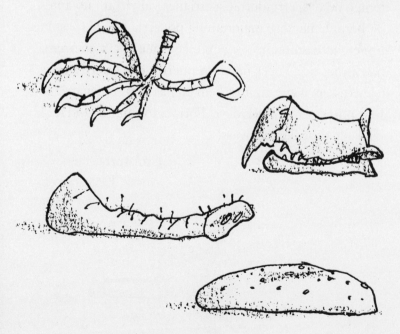

— Vai ser fácil, fácil! — comemoraram as bruxas. — Vamos atravessar com uma lança o gafanhão-marítimo, armar uma arapuca para o esmaga-caranguejo, mandar bala no elefante-borbotão e agarrar o gato-saltador.

— Excelente! — disse a Grã-Bruxa. — Quando terrminarrem de misturrar tudo na batedeirra, esstarrão diante de um marravilhoso líquido verrde. Coloquem uma gota, só uma gotinha desse líquido num doce ou num chocolate, e às nove horas da manhã sseguinte a crriança que o comer vai sse trransforrmar num rato em vinte e seiss segundos! Mas fica um aviso: nunca aumentem a dose. Nunca ponham mais de uma gota em cada doce ou chocolate. E nunca oferreçam mais de um doce ou chocolate parra cada criança. Uma dose excessiva de Ação Tarrdia parra Fazerr Ratos vai bagunçarr toda a regulagem do tempo do desperrtadorr, e a crriança vai virrar rato antes da hora. Uma dose maior ainda poderria ter até mesmo um efeito instantâneo, e não é isso que vocês querrem, não é mesmo? Vocês não iam querrer que as crriançass começassem a virrar ratoss bem ali nas suas confeitarriass. Isso porria tudo a perrderr. Porrtanto, muito cuidado! Nada de dosess excessivass!

O sumiço de Bruno Jenkins

A Grã-Bruxa recomeçou a falar.

— Agorra vou prrovar parra vocêss que esta receita funciona perrfeitamente. Vocêss já sabem que podem ajustarr o desperrtadorr parra qualquerr horra que quiserrem. Não *prrecisa* ser parra as nove horrass. Assim, ontem prrepararrei pessoalmente uma pequena quantidade da fórrmula mágica, parra fazerr uma demonsstrração pública. Mas fiz uma pequena alterração na receita. Antes de assarr o relógio, ajustei-o para dessperrtar àss trrês e meia da tarrde seguinte, ou seja: às trrês e meia da tarrde *de hoje*. E isso vai acontecerr — disse ela, olhando para seu relógio de pulso — dentrro de exatamente ssete minutos!

As bruxas da plateia ouviam com toda atenção, percebendo que alguma coisa terrível ia acontecer.

— E o que é que fiz ontem com esse líquido mágico? — perguntou a Grã-Bruxa. — Vou contarr tudo dirreitinho. Coloquei uma gotinha dentrro de uma deliciosa barra de chocolate, e a ofereci a um garrotinho assquerroso e fedorrento que esstava no ssaguão do hotel.

A Grã-Bruxa fez uma pausa. O público estava em silêncio, esperando que ela continuasse.

— Fiquei olhando parra aquele fedelhinho repugnante enquanto ele devorrava a barra de chocolate, e quando acabou perrguntei: "Esstava bom?", e ele disse que estava uma delícia. Assim, perrguntei de novo: "Não querr maiss?", e ele respondeu que sim. Então eu disse: "Vou dar-lhe seiss barrass de chocolate iguais a essa. É ssó me prrocurrar no salão de baile desste hotel amanhã à tarrde, às trrês e vinte e cinco." "Seiss barras!", grritou o porrquinho imundo e guloso. "Pode me esperar? Vou estar lá sem falta, na hora marcada!" Porrtanto, o espetáculo já está montado! — gritou a Grã-Bruxa. — A prrova dos nove já vai começarr! Não se esqueçam de que ontem, antess de assarr o desperrtadorr, ajustei-o parra disparrarr às trrêss e meia de hoje. E agorra — ela olhou de novo para o seu relógio — ssão exatamente trrêss e vinte e cinco, e o asquerrosinho que vai virrar rato daqui a cinco minutos já deve estarr ali, do lado de forra da porrta!

Por todos os demônios, ela estava absolutamente certa. O menino, fosse quem fosse, já estava mexendo na maçaneta e batendo de leve na porta.

— Rápido! — guinchou a Grã-Bruxa. — Ponham suass perrucass! Calcem ass luvass e oss sapatoss!

Houve um grande alvoroço enquanto as bruxas, muito afobadas, punham perucas, luvas e sapatos. A própria Grã-Bruxa pegou sua máscara e cobriu o rosto asqueroso. Era incrível como aquela máscara a transformava. Como num passe de mágica, num instante ela voltou a ser uma mulher jovem e linda.

— Quero entrar! — gritava o menino lá de fora. — Onde estão as barras de chocolate que você me prometeu? Vim buscá-las! Quero as seis!

— Ele não é ssó fedorrento, também é muito guloso — disse a Grã-Bruxa. — Tirrem as correntess da porrta e façam o pesstinha entrar.

O mais incrível é que os lábios da máscara se moviam com toda a naturalidade quando a bruxa falava. Ninguém nunca iria perceber que era uma máscara.

Uma das bruxas se levantou e soltou as correntes, abrindo as duas grandes portas. Então a ouvi dizer:

— *Olá*, garotinho! Que bom que você veio! Está querendo suas barras de chocolate, não é mesmo? Estão todas aqui, prontinhas para você. Pode entrar, meu querido.

Um garotinho de camiseta branca, short cinza e tênis entrou no salão. Reconheci-o imediatamente. Chamava-se Bruno Jenkins e estava no hotel com os pais. Eu nem ligava para ele. Era um desses meninos que estão sempre comendo alguma coisa. Quando a gente o encontrava no saguão do hotel, ele estava com a boca cheia de pão de ló; quando passava por ele no corredor, devorando montes de batatinhas fritas; dava de cara com ele no jardim do hotel, e era a mesma coisa: Bruno estava comendo vorazmente uma barra de chocolate, e já era possível ver mais duas nos bolsos de sua calça. Além disso, ele não parava de dizer que seu pai ganhava muito mais que o meu, e que eles tinham três carros na família. Mas o pior não era isso. No dia anterior eu o tinha visto ajoelhado no terraço do hotel, com uma lente de aumento na mão. Uma fileira de formigas estava passando, e Bruno, deixando a luz do sol atravessar a lente, estava torrando, uma por uma, todas as formigas.

— Gosto de vê-las pegar fogo — havia dito ele.

— Isso é horrível! Pare com isso! — retrucara eu.

— Vamos ver se você é capaz de me fazer parar — provocara ele.

Então eu lhe empurrara com toda a força, e ele havia se esborrachado no chão. A lente de aumento se despedaçou, e ele se levantara, gritando:

— Meu pai vai lhe dar uma surra por isso! — E depois saíra correndo, provavelmente para ir chamar o paizinho rico.

Tinha sido a última vez que eu tinha encontrado Bruno Jenkins. Embora não acreditasse muito que ele seria transformado em rato, confesso que, no fundo, era exatamente isso que eu estava querendo que acontecesse. Seja como for, eu não o invejava nem um pouco por estar ali, nas mãos de todas aquelas bruxas.

— Querridinho — disse com carinho a Grã-Bruxa, lá de cima do palco —, seuss chocolatess estão aqui, prrontinhos parra você. Mas prrimeirro venha até aqui e cumprrimente todass essas senhorrass encantadorras.

Sua voz tinha mudado completamente. Era suave e terna, toda melosa.

Bruno ficou olhando, um pouco assustado, mas permitiu que o levassem para o palco. Aproximou-se da Grã-Bruxa e disse:

— Muito bem, onde estão minhas barras de chocolate?

Então eu vi que a bruxa que tinha deixado Bruno entrar no salão colocava silenciosamente as correntes nas maçanetas. Bruno não percebeu nada. Só pensava em pegar seus chocolates.

— Agorra falta um minuto parra as trrêss e meia! — anunciou a Grã-Bruxa.

— Que história é essa? — perguntou Bruno. Ele não estava com medo, mas também não estava muito à vontade. — Que negócio é esse? — disse ele. — Pode ir dando meus chocolates!

— Faltam trrinta segundoss! — gritou a Grã-Bruxa, agarrando Bruno pelo braço. Bruno se soltou e olhou fixamente para ela, que por sua vez não tirava os olhos dele, sorrindo com aqueles lábios da máscara. Todas as bruxas da plateia olhavam para Bruno.

— Vinte segundoss! — gritou a Grã-Bruxa.

— Quero meus chocolates! — gritou Bruno, começando a desconfiar de alguma coisa. — Dê-me os chocolates e tire-me daqui!

— Quinze segundoss! — gritou a Grã-Bruxa.

— Será que alguma dessas estranhas poderia me dizer o que está acontecendo? — disse Bruno.

— Dez segundos! — gritou a Grã-Bruxa. — Nove... oito... sete... seis... cinco... quatrro... trrês... dois... um... zerro! Chegamos ao ponto de ignição!

Eu podia jurar que tinha ouvido o som de um despertador. Vi Bruno dar um salto. Saltou como se alguém lhe tivesse enfiado um alfinete no traseiro e gritou:

— Ai!

Foi um pulo tão alto que Bruno foi parar em cima de uma mesinha que estava ali no palco. Lá ele ficou dando pulos, abanando os braços e berrando sem parar. Então, de repente, ficou quieto. Todo o seu corpo se empertigou.

— O alarrme já disparrou! — guinchou a Grã-Bruxa. — A Fórmula para Fazerr Ratoss está começando a funcionarr! — E ela saiu pulando pelo palco, batendo palmas com suas mãos enluvadas. Em seguida pôs-se a cantar:

— *Essa coisa nojenta, esse lixo imundo*
Esse asquerroso verrmezinho
Vai transformar-se num segundo
Num adorrável RATINHO!

Bruno ia diminuindo a cada segundo. Ele encolhia a olhos vistos...

Agora parecia que suas roupas estavam desaparecendo, e pelos marrons começavam a crescer por todo o seu corpo...

De repente, um rabo...
Depois nasciam bigodinhos...
Em seguida, quatro pés...
Tudo acontecia rapidamente...
Era só uma questão de segundos...
E, quando vi, ele não estava mais ali...
Um ratinho marrom corria por cima da mesa...

— Bravo! — gritaram as bruxas. — Ela conseguiu! Funciona mesmo! Fantástico! Inacreditável! É o máximo! Que milagre, ó Grã-Sabedoria!

Em pé, as bruxas aplaudiam com entusiasmo, e foi então que a Grã-Bruxa tirou uma ratoeira de algum lugar do vestido e começou a armá-la.

Não!, eu pensei. *Não quero ver uma coisa dessas! Bruno Jenkins pode ter sido um horror de criatura, mas não sou nenhum monstro para ficar aqui olhando sua cabeça ser decepada!*

— Onde está ele? — disse a Grã-Bruxa, procurando pelo palco. — Onde é que esse rato sse meteu?

Não houve jeito de achá-lo. O espertinho devia ter pulado da mesa e se escondido em algum canto ou, quem sabe, em algum buraco. Graças a Deus!

— Não faz mal! — berrou a Grã-Bruxa. — Calem a boca e todass sentadass!

As mais velhas

A Grã-Bruxa colocou-se bem no centro do palco, e seus olhos terríveis foram passando devagarinho por todas as bruxas, tão submissas diante dela.

— Quem tiver maiss de ssetenta anos levante ass mãos! — vociferou ela de repente.

Sete ou oito mãos se ergueram.

— Tenho a imprressão — disse a Grã-Bruxa — de que vocêss, as mais velhass, não vão serr capazess de subirr em árrvorres muito altas em busca de ovos de pássaro-crroca.

— E não seremos mesmo, Vossa Majestade! Achamos isso impossível para nós! — responderam em coro as mais velhas.

— E também não consseguirrão pegarr o esmaga--carranguejo, que vive em penhascos muito escarrpados — continuou a Grã-Bruxa. — Não consigo imaginá-las correndo atrrás do ágil gato-saltadorr, e muito menos merrgulhando em águass prrofundass atrrás do gafanhão--marrítimo, ou, ainda, arrastando-se pelos pântanos de-serrtoss com uma esspingarrda debaixo do brraço parra mandar bala no elefante-borrbotão. Vocêss estão velhas e frracass demais parra essas coisass.

— Estamos mesmo — responderam as mais velhas. — Estamos velhas, muito velhas!

— Vocêss, as mais velhas, já me serrvirram muito bem porr muitos anos — afirmou a Grã-Bruxa —, e não querro negarr-lhess o prrazerr de acabarrem com alguns milharress de crriançass só porrque agorra ficarram velhass e frracass. Assim, prreparrei com minhas prróprrias mãos uma cerrta quantidade de Ação Tarrdia parra Fazerr Ratos, e vou distribuí-la às mais velhas antes que deixem o hotel.

— Ah, obrigada, muito obrigada! — gritaram as bruxas velhas. — A bondade de Vossa Majestade não tem limites! Quanta gentileza e atenção!

— Aqui está uma pequena amostrra do que vou lhess darr — berrou a Grã-Bruxa. Remexeu no fundo do bolso do vestido e de lá tirou uma garrafinha. Ergueu-a e gritou: — Esta minúscula garrafa contém quinhentass dosess da Fórrmula parra Fazerr Ratos! Com isso já dá parra trransforrmarr quinhentass crriançass em ratoss!

O vidrinho era azul-escuro e bem pequeno, quase do tamanho daqueles vidros de remédio de desentupir nariz que a gente compra em qualquer farmácia.

— Cada uma dass mais velhass vai ganharr duass destas garrafinhass — disse ela aos berros.

— Obrigada, obrigada, ó Mui Generosa Grã-Sabedoria! — responderam as bruxas em coro. — Não vamos desperdiçar uma só dessas gotas! Cada uma de nós promete trucidar, despedaçar e dilacerar mil crianças!

— Nossa convenção chegou ao fim — anunciou a Grã-Bruxa. — Aqui está o esquema de atividadess parra o tempo que vocêss ainda perrmanecerrem neste hotel: agorra, sem mais demorra, vamoss todas tomarr chá no terraço solarr com aquele gerrente ridículo. Em seguida, às seiss da tarde, ass brruxass muito velhass parra subir nas árrvorress atrráss de ovos de pássaro-crroca vão passarr pelo meu quarrto parra eu darr duas garrafinhass da Fórmula para cada uma. Guarrdem bem o número de meu quarrto: 454. E depois, às oito horras, vamoss todas noss reunirr na sala de jantarr. Somoss as encantadorras senhorrass da RSPCC, e duas grrandess mesas forram especialmente prreparradass parra nóss. Mas não se esqueçam de colocarr tampõess de algodão nos seuss narrizes. Aquela sala de jantarr vai estarr ferrvilhando de crriancinhass fedorrentass, e sem os tampõess o cheirro vai ficarr intolerrável. Além disso, não sse esqueçam de manterr um comporrtamento norrmal o tempo todo. Está tudo bem evidente? Alguma dúvida?

— Tenho uma dúvida, Vossa Majestade — disse uma voz. — O que acontecerá se um dos chocolates que vamos vender em nossas confeitarias for comido por um adulto?

— Azarr o dele — disse a Grã-Bruxa. — A reunião está encerrada! Todass parra forra!

As bruxas se levantaram e começaram a pegar suas coisas. Continuei olhando pela fresta do biombo, desejando do fundo do coração que elas fossem embora o quanto antes para eu poder me sentir são e salvo.

— *Esperem!* — guinchou uma das bruxas da última fileira. — *Não saiam ainda!* — Aquela voz esganiçada ecoou pelo salão de baile como o som de um clarinete. De repente, todas as bruxas pararam e se voltaram para a que tinha gritado. Era uma das mais altas, e de onde eu estava dava para vê-la em pé, a cabeça inclinada para trás e o nariz farejando sem parar. Ela respirava fundo, abrindo e fechando aquelas narinas curvas, rosadas, lembrando caramujo do mar. — *Esperem!* — gritou ela mais uma vez.

— O que está acontecendo? — berraram as outras.

— Cocô de cachorro! — vociferou ela. — Estou sentindo cheiro de cocô de cachorro!

— Impossível! — responderam as outras. — Não pode ser!

— Estou sim! — gritou a primeira bruxa. — Que cheiro! Não é muito forte, mas está no ar! Tenho certeza! E está bem perto de nós!

— O que esstá acontecendo aí? — trovejou a Grã-Bruxa, lançando um olhar feroz lá de cima do palco.

— Mildred está sentindo cheiro de cocô de cachorro, Vossa Majestade — disse-lhe uma das bruxas.

— Que histórria é essa? — gritou a Grã-Bruxa. — Ela tem é cocô de cachorro no cérrebrro! Não há nenhuma crriança neste ssalão!

— Esperem! — gritou a bruxa chamada Mildred. — Esperem todas! Não se movam! Estou sentindo de novo! — E suas narinas curvas e enormes se agitavam como rabo de peixe. — Está ficando mais forte! Está vindo com força! Como é que vocês não conseguem sentir?

Todos os narizes de todas as bruxas do salão se ergueram, e todas as narinas começaram a aspirar e a farejar.

— Ela tem razão! — gritou mais uma voz. — Tem toda razão! É cheiro de Cocô de cachorro, e dos mais fortes e fedorentos!

Em questão de segundos, todas as bruxas estavam repetindo o pavoroso grito: "Cocô de cachorro."

— Cocô de cachorro! — gritavam elas. — O salão está empesteado! Que nojo! Que asco! Como é que não farejamos antes? Tem cheiro de esgoto! Algum porquinho imundo deve estar escondido por perto!

— Trratem de achá-lo! — berrou a Grã-Bruxa. — Sigam ssua pista pelo cheirro! Arranquem esse fedelho de onde ele esstiverr! Sigam os seuss narrizess até conseguirrem achá-lo!

Meus cabelos começaram a ficar em pé como os pelos de uma escova, e um suor frio escorria por todo o meu corpo.

— Descubrram onde está escondido esse monte de essterrco! — berrava e guinchava a Grã-Bruxa. — Não o deixem esscaparr! Se ele essteve aqui o tempo todo, viu coisas absolutamente secrretass! É prreciso acabarr com ele agorra mesmo!

A metamorfose

Lembro-me que pensei: *Agora não tenho como escapar! Mesmo que eu saia correndo e consiga me desviar de todas elas, as portas estão trancadas e acorrentadas, e não vou ter como fugir! Estou frito! É o fim! Ah, vovó, o que elas vão fazer comigo?*

Olhei para o lado e vi o rosto tenebroso, pintado e empoado de uma bruxa. Ela me viu, escancarou a boca e berrou, triunfante:

— Aqui está ele! Atrás do biombo! Venham pegá-lo!

A bruxa estendeu a mão enluvada e me agarrou pelos cabelos, mas consegui me safar e saí correndo desesperadamente. Como eu corri! O terror me fez criar asas nos pés! Atravessei o salão de baile numa corrida só, e nenhuma delas conseguiu me pegar. Quando cheguei à porta, parei e tentei abri-la, mas a corrente estava tão firme que nem se mexeu.

As bruxas não se preocuparam em correr atrás de mim. Ficaram paradas, em pequenos grupos, olhando para mim, pois tinham certeza de que eu não tinha escapatória. Muitas tapavam o nariz com os dedos enluvados, e eu ouvia seus gritos:

— Que nojo! Que mau cheiro! Não vai dar para aguentar muito tempo!

— Poiss então tratem de agarrá-lo! — berrou a Grã--Bruxa lá de cima do palco. — Forrmem uma roda em volta do ssalão, e vão fechando o círrculo até agarrá-lo! Encurralem esse fedelhinho assquerroso, agarrem-no e tragam-no aqui parra mim!

Foi exatamente isso que as bruxas fizeram. Foram todas avançando na minha direção. Umas vinham de uma ponta do salão, outras me cercavam por outro lado, outras ainda se aproximavam depois de atravessar as fileiras de poltronas vazias. Estavam quase me pegando. Eu já estava encurralado.

Fui tomado pelo mais puro e absoluto terror, e comecei a berrar.

— *Socorro* — eu gritava sem parar, virando a cabeça para a porta na esperança de que alguém me ouvisse. — Socorro! Socorro! S-o-c-o-r-r-o!

— Peguem esse moleque! — gritou a Grã-Bruxa. — Agarrem-no! Ele que parre de grritarr!

Então elas avançaram para cima de mim, e umas cinco me agarraram pelos braços e pelas pernas e me levantaram bem alto. Continuei a gritar, mas uma delas tapou minha boca com a mão enluvada, e tive de ficar quieto.

— Trragam-no até aqui! — gritou a Grã-Bruxa. — Trragam esse verrmezinho esspião parra perrtinho de mim!

Fui levado para o palco com os braços e pernas imobilizados por muitas mãos, e ali fiquei suspenso no ar, olhando para o teto. Vi a Grã-Bruxa aproximar seu rosto de mim, arreganhando os dentes num sorriso tenebroso. Levantou bem alto a garrafinha da Fórmula para Fazer Ratos e então disse:

— Agorra, um pouquinho de remédio! Aperrtem sseu nariz, parra ele abrrir bem a boca!

Dedos muito fortes apertaram com força meu nariz. Continuei com a boca fechada e prendi a respiração, mas era impossível aguentar por muito tempo. Parecia que meu peito ia explodir. Abri a boca para respirar rapidamente um pouco de ar, e foi então que a Grã-Bruxa despejou todo o conteúdo da garrafinha pela minha goela!

Ah, a dor e o fogo! Era como se uma chaleira de água fervente tivesse sido despejada na minha boca. Minha garganta estava pegando fogo! Num piscar de olhos, aquela sensação de brasa incandescente começou a se espalhar pelo meu peito e pela minha barriga, logo desceu para os braços e as pernas, e de repente tomou conta do meu corpo inteiro! Comecei a gritar de novo, mas meus lábios foram tapados por uma mão enluvada. Logo depois, comecei a sentir que minha pele estava encolhendo. Como poderei descrever o que estava acontecendo? Era, literalmente, uma contração e um encolhimento da pele do corpo inteiro, da ponta da cabeça até as pontas dos dedos das mãos e dos pés! Era como se eu fosse um balão de borracha, e alguém estivesse retorcendo a boca do balão, e ele estivesse diminuindo e se apertando, contraindo e comprimindo. O balão ia acabar estourando!

Foi então que começou o *esmagamento*. Agora eu tinha a sensação de estar dentro de um terno de ferro e que alguém estivesse apertando um parafuso. A cada volta do parafuso, o terno de ferro ficava menor, e eu era espremido como uma laranja, com o suco escorrendo por todos os lados.

Depois, veio uma sensação horrível de picadas por toda a minha pele (ou o que restava dela), como se agulhas minúsculas estivessem abrindo caminho de dentro do meu corpo para chegar à superfície da pele. Hoje sei que aquilo eram os pelos de rato crescendo.

Lá longe, ouvi a voz da Grã-Bruxa gritando:

— Cinco mil dosess! Esse pesstinha nojento tomou cinco mil dosess, e o desperrtadorr despedaçou-se, e o que estamos vendo agora chama-se *ação instantânea*!

Ouvi aplausos e gritos de alegria, e lembro-me de ter pensado: *Eu não sou mais eu! Fui arrancado de minha própria pele!*

Percebi que o assoalho estava a poucos centímetros do meu nariz.

Percebi também um par de patinhas pequenas e peludas apoiadas no chão. E eu era capaz de mover aquelas patinhas. Elas eram minhas!

Naquele momento, percebi que eu já não era um garotinho. Eu era um RATO.

— Agorra vamos à ratoeirra! — ouvi a Grã-Bruxa gritar. — Tenho uma aqui comigo, e também um pedaço de queijo!

Mas aquilo eu não ia ficar esperando. Disparei como um raio pelo palco. Minha velocidade era inacreditável! Fui driblando pés e mais pés de bruxas à esquerda e à direita e, num piscar de olhos, desci as escadas, pulei para o assoalho do salão de baile e corri entre as fileiras de poltronas quase sem tocá-las com as patas. O que mais me agradava era que eu corria sem fazer barulho nenhum. Eu tinha me transformado num corredor rápido e silencioso. E, para meu grande espanto, a dor tinha desaparecido totalmente, e eu me sentia extraordinariamente bem. *Afinal*, pensei comigo mesmo, *não é nada mau ser minúsculo e tão veloz quando um bando de mulheres perigosas está querendo arrancar a pele da gente*. Escolhi uma das pernas de trás de uma poltrona, enfiei-me ali e fiquei bem quietinho.

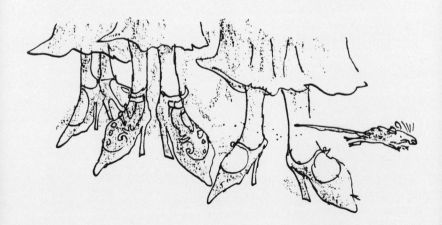

Bem lá longe, a Grã-Bruxa gritava:

— Esqueçam essa coisinha dessprrezível! Não vale a pena sse prreocuparr com esse trraste! Agorra não passa de um rato! Logo maiss alguém vai darr um jeito nele! Vamoss sairr daqui! A reunião está encerrada! Destrravem as porrtass e vamoss parra o terraço solarr, tomarr chá com aquele gerrente idiota!

Bruno

Dei uma espiada em volta da perna da cadeira e vi centenas de pés de bruxas atravessando as portas do salão de baile. Quando todas tinham saído e tudo ficou absolutamente silencioso, comecei a explorar o assoalho com o máximo de cuidado. De repente, lembrei-me de Bruno. Com certeza ele estava por perto.

— Bruno! — chamei.

Eu não esperava que, como rato, eu fosse capaz de falar, e levei o maior susto da vida quando ouvi minha própria voz saindo da minha boquinha. Era uma voz normal, e continuava bastante forte.

Foi maravilhoso. Fiquei emocionado. Tentei de novo:

— Bruno Jenkins, onde está você? — chamei bem alto. — Se estiver me ouvindo, dê um grito!

Não recebi resposta.

Fiquei zanzando por ali, tentando me acostumar com o fato de estar agora tão perto do chão. Cheguei à conclusão de que a coisa até que era muito boa. Talvez vocês estejam se perguntando por que eu não estava deprimido. Comecei a pensar: *Afinal, o que existe de tão maravilhoso no fato de ser um garotinho? E por que ser menino é necessariamente melhor do que ser rato? Sei que os ratos são caçados, e às vezes são envenenados ou caem em ratoeiras. Mas às vezes meninos também morrem. Eles podem ser atropelados, ou morrer de*

115

alguma doença terrível. Menino precisa ir à escola. Rato não. Rato não precisa fazer provas. Rato não precisa se preocupar com dinheiro. Pelo que sei, os ratos só têm dois inimigos: os gatos e os seres humanos. Minha avó é um ser humano, mas tenho certeza de que ela vai me amar para sempre, seja eu o que for. E, graças a Deus, ela nunca tem gatos. Quando os ratos crescem, eles não têm de ir para a guerra e lutar contra outros ratos. Eu não tinha a menor dúvida de que os ratos gostam muito uns dos outros; e isso não acontece com as pessoas.

É, disse eu a mim mesmo, *não vejo nenhum mal em ser rato.*

Enquanto eu pensava essas coisas, perambulando pelo assoalho do salão de baile, dei de cara com outro rato. Estava ali bem quietinho, segurando um pedaço de pão nas patas dianteiras e mordiscando com grande satisfação.

Só podia ser o Bruno.

— Olá, Bruno — disse eu.

Ele me olhou fixamente por uns instantes e depois continuou a comer.

— O que foi que você encontrou? — perguntei.

— Uma delas deixou cair — respondeu ele. — É sanduíche de patê de peixe. Bom demais.

A voz dele também estava perfeitamente normal. Mesmo admitindo que rato pudesse falar, qualquer um imaginaria que sua voz fosse fininha e estridente. Era muito engraçado ouvir a voz forte do Bruno saindo daquela gargantinha de rato.

— Escute aqui, Bruno — disse eu. — Agora que nós viramos ratos, acho bom começarmos a pensar um pouco em nosso futuro.

Ele parou de comer e olhou para mim fixamente, com aqueles olhinhos pretos.

— O que é que você quer dizer com *nós?* — disse ele. — O fato de *você* ter virado rato não tem nada a ver comigo.

— Mas você também é rato, Bruno.

— Não seja idiota — disse ele. — Eu não sou um rato.

— Acho que é, Bruno.

— Não sou mesmo! — gritou ele. — Por que é que você está me insultando? Não lhe fiz nada de mau! Por que você está *me* chamando de rato?

— Você não sabe o que aconteceu? — perguntei.

— Do que você está falando? — respondeu Bruno.

— Então devo informá-lo — disse eu — de que, ainda há pouco, as bruxas transformaram você num rato e depois fizeram o mesmo comigo.

— É mentira! — gritou ele. — Não sou rato!

— Se não estivesse tão ocupado em se empanturrar com esse pedaço de sanduíche — disse eu —, você já teria percebido que tem umas patinhas peludas. Dê uma olhada.

Bruno olhou para suas patas e deu um pulo.

— Minha nossa! — gritou ele. — Eu *sou* um rato! Espere só até meu pai ficar sabendo disso!

— Talvez ele ache que você melhorou — disse eu.

— Não quero ser rato! — berrava Bruno, pulando sem parar. — Recuso-me a ser rato! Sou Bruno Jenkins!

— Existem coisas piores do que ser rato — disse eu. — A gente pode viver num buraco.

— Não quero viver num buraco! — berrou Bruno.

— E a gente pode subir até a despensa toda noite — disse eu — para comer vários pacotes de uva-passa, flocos de milho açucarados, biscoitos de chocolate e tudo o que houver. Rato pode passar a noite inteira comendo, até se empanturrar.

— Até que é uma boa ideia — disse Bruno, animando-se um pouco. — Mas como é que vou abrir a porta da geladeira para pegar o frango e as sobras do jantar? Eu fazia isso todas as noites na minha casa.

— Quem sabe o seu rico paizinho não compra uma geladeirinha de rato só para você? — respondi. — Uma geladeira que você consiga abrir.

— Você disse que foi uma bruxa que fez isso? — perguntou Bruno. — E que bruxa foi essa?

— Aquela que ontem lhe deu uma barra de chocolate no saguão do hotel — expliquei a ele. — Não está lembrado?

— Que bruxa mais nojenta! — berrou ele. — Ela vai ver uma coisa! Onde é que ela está? Quem é ela?

— Esqueça — respondi. — Perca as esperanças. No momento, o seu maior problema são os seus pais. Como é que eles vão encarar tudo isso? Será que vão tratá-lo com bondade e amor?

Bruno ficou pensativo por um instante.

— Tenho a impressão de que meu pai vai ficar um pouco chocado — ele disse.

— E sua mãe?

— Ela tem pavor de ratos — disse Bruno.

— Então você está diante de um bom problema, não acha?

— Por que só eu? — disse ele. — Você também não está?

— Minha avó vai entender tudo perfeitamente — disse eu. — Ela sabe tudo sobre bruxas.

Bruno deu mais uma mordida no sanduíche.

— O que você sugere? — perguntou.

— Antes de mais nada, acho melhor nós dois irmos consultar minha avó — respondi. — Ela vai saber exatamente o que fazer.

Andei na direção das portas, que estavam abertas. Bruno foi atrás de mim, ainda segurando um pedaço de sanduíche com uma das patas.

— Assim que chegarmos ao corredor — disse eu —, vamos sair correndo bem depressa. Fique sempre perto da parede e vá me seguindo. Não diga nada e não deixe que ninguém o veja. Não esqueça: qualquer pessoa que bater os olhos em você vai tentar matá-lo.

Arranquei o pedaço de sanduíche da pata dele e o joguei longe.

— É agora! — disse eu. — Venha atrás de mim.

Olá, vovó

Assim que me vi fora do salão de baile, saí correndo feito um raio. Atravessei correndo todo o corredor, passei pelo saguão, pela sala de leitura, pela biblioteca e pela sala de estar, e finalmente cheguei à escada. Subi correndo, saltando com muita facilidade de um degrau para o outro, o tempo todo colado à parede.

— Você está aí, Bruno? — sussurrei.

— Aqui do seu lado — disse ele.

Meu quarto e o quarto da minha avó ficavam no quinto andar. Era uma boa subida, mas não demos de cara com ninguém, pois todo mundo usava o elevador. Chegando ao quinto andar, disparei pelo corredor até alcançar a porta do quarto da minha avó. Um par de sapatos dela estava para fora, para o engraxate do hotel limpar. Bruno estava a meu lado.

— O que vamos fazer agora? — perguntou ele.

Vi que uma camareira vinha andando pelo corredor, na nossa direção. Percebi de imediato que era a mesma que tinha me denunciado ao gerente por causa dos ratinhos brancos. Nas minhas condições, portanto, não era a pessoa com quem eu gostaria de me encontrar.

— Depressa! — falei para Bruno. — Esconda-se num desses sapatos!

Enfiei-me num dos sapatos, e o Bruno se enfiou no outro. Fiquei esperando a camareira passar. Mas ela não passou. Quando chegou perto dos sapatos, curvou-se e os apanhou. Ao fazer isso, enfiou a mão direita dentro do sapato onde eu estava escondido. Quando um de seus dedos encostou em mim, dei-lhe uma mordida. Foi idiotice, mas fiz por instinto, sem pensar. A mulher deu um berro que deve ter sido ouvido pelos navios do Canal da Mancha. Ela jogou longe os sapatos e disparou feito um raio pelo corredor.

A porta do quarto da minha avó se abriu.

— O que é que está acontecendo aqui? — disse ela. Disparei por entre suas pernas e entrei no quarto, sempre seguido pelo Bruno.

— Feche a porta, vovó! — gritei. — Por favor, depressa!

Ela olhou para nós, dois ratinhos marrons sobre o tapete.

— Por favor, feche logo — repeti. Dessa vez ela reconheceu minha voz, percebeu que era eu que estava falando. Ficou passada e completamente imóvel. Todas as partes do seu corpo, dedos, mãos, braços e cabeça ficaram duros como se ela fosse uma estátua de mármore. Seu rosto empalideceu, e os olhos se arregalaram tanto que dava para ver toda a sua parte branca. E então ela começou a tremer. Pensei que fosse desmaiar e cair.

— Por favor, feche logo a porta, vovó — disse eu. — Aquela camareira horrível pode entrar a qualquer instante.

De alguma forma minha avó conseguiu se recompor, pelo menos o suficiente para fazer o que eu pedia. Encostou-se na porta e ficou olhando para mim, pálida e se tremendo toda. As lágrimas começaram a cair de seus olhos e a escorrer pelo seu rosto.

— Não chore, vovó — disse eu. — Podia ter sido pior. Consegui fugir delas. Ainda estou vivo e o Bruno também.

Lentamente, ela se abaixou e me pegou com uma das mãos. Depois ergueu Bruno com a outra mão e nos colocou sobre a mesa, onde havia uma cesta com bananas. Bruno saltou para elas e, com os dentes, começou a descascar uma das frutas.

Minha avó se agarrava aos braços da poltrona para manter-se firme, mas não tirava os olhos de mim.

— Sente-se, vovó querida — disse-lhe eu.

Ela desmoronou na poltrona.

— Ah, meu querido — disse ela baixinho, e agora as lágrimas escorriam por seu rosto. — Ah, meu pobre e doce queridinho. O que foi que *elas* fizeram com você?

— Sei o que elas fizeram, vovó, e sei em que me transformei. Mas o mais engraçado é que, para falar a verdade, não estou me sentindo muito mal assim. Não consigo nem sentir raiva. Para ser franco, estou me sentindo muito bem. Sei que não sou mais um menino, e que nunca mais voltarei a ser, mas vou estar sempre muito bem enquanto você estiver aí para tomar conta de mim.

Eu não estava só querendo consolar minha avó. Estava sendo absolutamente sincero. Vocês podem achar estranho que eu não estivesse chorando. E *era* estranho. Simplesmente não sei explicar.

— É óbvio que vou tomar conta de você — sussurrou minha avó. — E quem é o outro?

— Era um menino chamado Bruno Jenkins — contei-lhe. — Elas o pegaram primeiro.

Minha avó tirou um charuto preto da bolsa e o levou à boca. Em seguida, pegou uma caixa de fósforos. Riscou um fósforo, mas seus dedos tremiam tanto que a chama não chegava direito à ponta do charuto. Quando ela finalmente conseguiu acendê-lo, deu uma tragada e engoliu a fumaça. Isso pareceu acalmá-la um pouco.

— Onde foi que tudo aconteceu? — murmurou ela. — Onde está a bruxa agora? Aqui no hotel?

— Vovó! — respondi. — Não foi uma bruxa. Foram *centenas*! Elas estão por todos os lados! Neste momento, estão todas aqui no hotel!

Ela inclinou o corpo para a frente e me olhou fixamente.

— Você não está querendo dizer... você não está... você não está querendo me dizer que elas estão fazendo a Reunião Anual aqui neste hotel?

— Já fizeram, vovó! A reunião já acabou! Eu ouvi tudo! E todas elas, inclusive a Grã-Bruxa em pessoa, estão lá embaixo! Estão fingindo que pertencem à Real Sociedade para a Prevenção da Crueldade com Crianças! Estão todas tomando chá com o gerente!

— E você foi pego por elas?

— Elas sentiram meu cheiro — respondi.

— Cocô de cachorro, não foi? — disse ela, suspirando.

— Creio que sim. Mas não estava muito forte. Elas quase não conseguiram farejar, pois fazia séculos que eu não tomava banho.

— Criança *nunca* deveria tomar banho — disse minha avó. — É um hábito muito perigoso.

— Concordo plenamente, vovó.

Ela fez uma pausa e deu mais uma tragada no charuto.

— É verdade *mesmo* que neste momento elas estão todas lá embaixo, tomando chá?

— Não tenho a menor dúvida, vovó.

Houve outra pausa. Vi então aquele velho lampejo de excitação voltando lentamente a tomar conta dos olhos de minha avó. De repente ela se empertigou na poltrona e disse bruscamente:

— Conte-me tudo, desde o início. E depressa, por favor.

Respirei fundo e comecei a falar. Contei-lhe como, no salão de baile, fui me esconder atrás do biombo para treinar meus ratinhos. Contei sobre o cartaz anunciando a convenção da Real Sociedade para a Prevenção da Crueldade com Crianças. Contei tudo sobre as mulheres que foram entrando e tomando seus lugares, e sobre a mulherzinha que apareceu no palco e tirou a máscara. Mas, quando tentei descrever o rosto que surgiu por baixo da máscara, simplesmente não conseguia encontrar as palavras adequadas.

— Era horrível, vovó! — disse eu. — Oh, como era horrível! Era... era como uma coisa que já começou a apodrecer!

— Continue — disse minha avó. — Vá em frente.

Então contei sobre como todas as bruxas tiraram as perucas, as luvas e os sapatos, e falei do oceano de cabeças carecas e perebentas que vi à minha frente. Descrevi os dedos das mulheres, suas pequenas garras e seus pés sem dedos.

Minha avó vinha cada vez mais para a frente, de modo que agora estava sentada quase na ponta da poltrona. Suas duas mãos seguravam firmemente o cabo dourado da bengala, em que ela sempre se apoiava ao caminhar. Seus olhos não desgrudavam de mim um só instante, brilhando como duas estrelas.

Então falei das faíscas incandescentes lançadas pelos olhos da Grã-Bruxa, e de como elas tinham transformado uma outra bruxa numa nuvem de fumaça.

— Eu já tinha ouvido falar nisso! — gritou minha avó, muito alvoroçada. — Mas nunca acreditei muito! Você é a primeira pessoa que, não sendo bruxa, já viu isso acontecer! É o castigo mais famoso da Grã-Bruxa! É conhecido como "fritura", e todas as outras bruxas ficam paralisadas de medo só de pensar nisso! Ouvi dizer que a Grã-Bruxa tem o hábito de fritar pelo menos uma bruxa em cada Reunião Anual, sempre fazendo uma cena que deixa todas as outras de cabelo em pé.

— Mas elas não têm *cabelo*, vovó.

— *Sei* que não têm, querido, mas continue, por favor.

Contei-lhe, então, sobre a Fórmula de Ação Tardia para Fazer Ratos, e quando falei dos planos de transformar todas as crianças em ratos, ela levantou-se de um pulo da poltrona, gritando:

— Eu sabia! Sabia que elas estavam tramando alguma coisa monstruosa!

— Precisamos arrumar um jeito de detê-las — disse eu.

Ela se voltou e me olhou fixamente.

— Não há como deter as bruxas — respondeu. — Basta pensar nos poderes terríveis que a Grã-Bruxa tem só nos olhos! Com aquelas faíscas incandescentes, ela poderia matar qualquer um de nós quando bem entendesse! Você viu com seus próprios olhos!

— Mesmo assim, vovó, temos o dever de impedir que ela transforme todas as crianças da Inglaterra em ratos!

— Você ainda não contou tudo. E o Bruno. Como foi que elas *o* pegaram?

Contei-lhe, então, sobre como Bruno Jenkins tinha chegado ao salão, se transformando em rato. Minha avó olhou para o Bruno, que estava se empanturrando na cesta de bananas.

— Ele nunca para de comer? — perguntou ela.

— Nunca — respondi. — Queria que você me explicasse uma coisa, vovó.

— Posso tentar — disse ela, tirando-me da mesa e colocando-me no colo. Muito delicadamente, começou a acariciar o pelo macio de minhas costas. Era delicioso.

— O que você quer me perguntar, querido?

— O que não consigo entender — disse eu — é como Bruno e eu ainda conseguimos falar e pensar do mesmo jeito que antes.

— É muito simples — disse minha avó. — O que elas fizeram foi encolhê-lo, dar-lhe quatro pernas e todo esse pelo, mas não foram capazes de transformá-lo num rato cem por cento rato. Você ainda é você mesmo em tudo, menos na aparência. Sua mente, seu cérebro e sua voz continuam os mesmos, e ainda bem que é assim.

— Quer dizer que, na verdade, não sou um rato *comum* — disse eu —, sou uma espécie de rato-pessoa, é isso?

— É isso mesmo — respondeu ela. — Você é um ser humano dentro de um corpo de rato. Alguém muito especial.

Ficamos sentados em silêncio por alguns momentos, enquanto minha avó alisava delicadamente meu pelo com os dedos e fumava seu charuto com a outra mão. O único som que se ouvia na sala era o de Bruno atacando as bananas da cesta. Mas eu não estava à toa. Pensava sem parar, ansioso. Meu cérebro fervilhava como nunca.

— Vovó! — disse eu. — Acho que tenho uma ideia.

— Diga, querido. Que ideia é essa?

— A Grã-Bruxa disse às outras que o número de seu quarto era 454, certo?

— Certo.

— Muito bem, o *meu* quarto é número 554. O 554 fica no quinto andar, e, portanto, o dela, 454, fica no quarto andar.

— Exatamente — disse minha avó.

— Sendo assim, você não acha que talvez o quarto 454 fique exatamente embaixo do 554?

— É mais do que provável — disse ela. — Esses hotéis modernos são construídos como caixas de tijolos. Mas o que é que tem?

— Queria que você me levasse até a sacada do meu quarto, para eu dar uma olhada — respondi.

Todos os quartos do Majestic Hotel tinham sacadas. Minha avó foi comigo até a sacada do meu quarto, e de lá ficamos examinando a sacada de baixo.

— Se *esse* for o quarto dela — disse eu —, aposto que há um jeito de descer até lá e entrar.

— E ser agarrado de novo — disse minha avó. — Isso eu não vou permitir.

— Nesse momento — disse eu —, todas as bruxas estão reunidas no terraço solar, tomando chá com o gerente. A Grã-Bruxa provavelmente só vai voltar pelas seis horas, ou um pouco antes. Foi a hora que ela marcou para distribuir aquela poção horrível entre as bruxas mais velhas que não conseguem mais subir em árvores para pegar ovos de pássaro-croca.

— E se você conseguisse mesmo entrar no quarto dela? — perguntou minha avó. — O que aconteceria?

— Eu poderia tentar descobrir onde ela guarda o estoque de poção daquela fórmula. Se conseguisse, roubaria uma garrafinha e traria para cá.

— E você seria capaz de carregá-la até aqui?

— Acho que sim — respondi. — É uma garrafinha bem pequena.

— Estou achando isso muito perigoso — disse minha avó. — E o que você faria com essa coisa se conseguisse pegá-la?

— Uma garrafa é suficiente para quinhentas pessoas — disse eu. — Pelo menos uma dose dupla para cada uma daquelas bruxas lá embaixo estaria garantida. Poderíamos transformar todas elas em ratos.

Minha avó se sobressaltou. Estávamos na minha sacada, e abaixo de nós abria-se um verdadeiro abismo. Por um triz não escapei de sua mão e despenquei daquela altura imensa.

— Cuidado, vovó — disse eu.

— Mas que ideia! — gritou ela. — É fantástica! É incrível! Você é um gênio, querido!

— Não seria ótimo? — disse eu. — Não seria ótimo mesmo?

— Ficaríamos livres de todas as bruxas da Inglaterra de uma só vez! — gritou ela. — E, *ainda por cima*, também acabaríamos com a Grã-Bruxa!

— Vamos tentar — disse eu.

— Ouça — disse minha avó, quase me deixando cair de novo, de tanta afobação. — Se conseguirmos realizar essa proeza, será o maior dos triunfos de toda a história da bruxaria!

— Temos muito trabalho pela frente — respondi.

— Sem dúvida — disse ela. — Só para começar, suponhamos que você consiga pegar um daqueles vidrinhos. Como é que vai fazer para colocar o líquido na comida delas?

— Isso a gente resolve depois — disse eu. — Vamos tentar conseguir a poção primeiro. Como podemos ter certeza de que o quarto dela fica embaixo do meu?

— Vamos verificar agora mesmo! — gritou minha avó. — Venha comigo! Não há um segundo a perder!

Levando-me na mão, ela saiu voando do quarto para o corredor, martelando a bengala no tapete a cada passo.

Descemos um lance de escada e chegamos ao quarto andar. Nas portas dos dois lados do corredor, os números dos quartos estavam pintados em dourado.

— Aqui está! — gritou minha avó. — Número 454.

Ela forçou de leve a porta, que obviamente estava trancada, depois olhou atentamente para todo aquele longo corredor.

— Acho que você tem razão — disse ela. — Eu poderia jurar que este quarto fica bem embaixo do nosso.

E ela voltou até o fim do corredor, contando o número de portas desde o quarto da Grã-Bruxa até a escada. Eram seis. Depois, subiu para o quinto andar e fez a mesma coisa.

— É *exatamente* embaixo do seu! — gritou minha avó. — O quarto dela fica bem embaixo do seu!

Voltamos para o meu quarto, e ela me levou novamente até a sacada.

— A sacada de baixo é mesmo a dela — disse minha avó. — E, melhor ainda, a porta que dá para o quarto está escancarada! Como é que você pretende descer até lá?

— Não sei — respondi.

Nossos quartos ficavam na parte da frente do hotel e davam para a praia e o mar. Lá embaixo, a dezenas de metros, havia uma grade de ferro com as extremidades pontiagudas.

— Já sei! — disse com entusiasmo minha avó.

Sempre me levando na mão, ela correu até seu quarto e começou a remexer a gaveta da cômoda. Tirou um novelo de lã azul. Uma das pontas estava entrelaçada a algumas agulhas e a uma meia quase pronta, que ela estava tricotando para mim.

— Perfeito — disse ela. — Vou colocá-lo dentro desta meia e descê-lo até a sacada da Grã-Bruxa. Mas não podemos perder nem um minuto! A qualquer momento aquele monstro pode voltar ao quarto!

O rato-ladrão

Mais uma vez, minha avó voltou correndo comigo para o meu quarto, e de lá passamos para a sacada.

— Está pronto? — perguntou ela. — Agora vou colocá-lo dentro da meia.

— Espero que eu consiga dar conta de tudo — respondi. — Afinal, sou apenas um ratinho.

— Vai conseguir sim — disse ela. — Boa sorte, querido.

Ela me enfiou dentro da meia e começou a me descer pela sacada. Agachei-me e prendi a respiração. Através dos pontos do tricô eu enxergava tudo. Ao longe, as crianças que brincavam na praia pareciam formigas. O vento começou a fazer a meia balançar. Olhei para cima e vi a cabeça de minha avó aparecendo por cima do parapeito da sacada.

— Está quase chegando! — gritou ela. — Vamos lá! Com jeito! Pronto, chegou!

Senti um ligeiro baque.

— Corra para dentro! — gritava minha avó. — Depressa, depressa, depressa! Procure pelo quarto!

Pulei para fora da meia e corri para o quarto da Grã-Bruxa. Estava impregnado do mesmo cheiro de bolor que eu tinha sentido no salão de baile. Era o fedor das bruxas, que lembrava o cheiro do banheiro público masculino da estação da nossa cidade.

Pelo que eu via, estava tudo bem-arrumado.

Tudo levava a crer que o hóspede daquele quarto era uma pessoa comum. E nem poderia ser diferente. Nenhuma bruxa seria estúpida a ponto de deixar espalhadas coisas que pudessem despertar a suspeita da camareira.

De repente, uma rã passou pulando pelo tapete e foi se enfiar embaixo da cama. Também dei um pulo.

— *Depressa!* — gritava lá de cima a minha avó. — Pegue aquela coisa e *dê o fora*!

Comecei a perambular pelo quarto para ver se encontrava o que queria. Não foi nada fácil. Eu não conseguia, por exemplo, abrir as gavetas, e muito menos as portas do guarda-roupa. Parei de andar pelo quarto, sentei-me um pouco no meio do assoalho e comecei a refletir. Onde a Grã-Bruxa esconderia uma coisa tão secreta? Com certeza, não seria numa gaveta qualquer nem no guarda-roupa. Isso era óbvio demais. Pulei para cima da cama, para ter uma visão melhor do quarto. *Ei*, pensei, *que tal dar uma espiada embaixo do colchão?* Cautelosamente, fui até a beirada da cama, e de lá fui avançando por baixo do colchão.

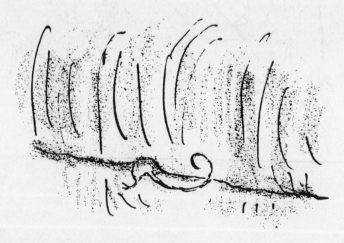

Tinha de usar toda a minha força para conseguir ir adiante, mas continuei firme. Não estava enxergando nada. Eu andava às escuras por baixo do colchão, quando de repente minha cabeça bateu numa coisa *dura* que estava dentro dele.

Ergui-me um pouco e, com uma das patas, tentei descobrir o que era aquilo. Seria uma garrafinha? *Era* uma garrafinha! Através do tecido do colchão, dava perfeitamente para perceber sua forma. A seu lado, senti mais uma saliência dura, e mais uma, e mais uma! A Grã-Bruxa com certeza tinha feito uma abertura no colchão, colocado as garrafas lá dentro e costurado a abertura para ninguém perceber nada. Com os dentes, comecei a rasgar freneticamente o pedaço do colchão bem acima da minha cabeça. Meus dentes da frente eram muito afiados, e num instante consegui fazer um buraquinho. Entrei nele e agarrei um dos vidrinhos pelo gargalo. Empurrei-o pelo buraco do colchão e fui saindo junto.

Andando de costas e arrastando a garrafinha, consegui chegar à beirada do colchão. Com um empurrãozinho, a garrafinha rolou da cama para o tapete, sem quebrar. Pulei da cama e examinei a garrafinha. Era idêntica àquela que a Grã-Bruxa tinha levado para o salão de baile. A que estava comigo tinha um rótulo onde se lia:

FÓRMULA 86 DE AÇÃO TARDIA PARA FAZER RATOS.

Logo abaixo estava escrito: *Esta garrafa contém quinhentas doses.*

Viva! Fiquei satisfeitíssimo comigo mesmo.

Três rãs saíram pulando de baixo da cama. Ficaram agachadas ali no tapete, olhando para mim com seus grandes olhos pretos. Encarei-as também. Aqueles olhos enormes eram a coisa mais triste que eu já tinha visto na vida. De repente achei que, no passado, com certeza aquelas rãs tinham sido crianças até serem agarradas pela Grã-Bruxa. Fiquei ali, segurando o vidrinho e olhando para as rãs.

— Quem são vocês? — perguntei.
Nesse exato momento, ouvi uma chave girando na fechadura. A porta se escancarou, e a Grã-Bruxa entrou no quarto. De um só pulo, as rãs voltaram para baixo da cama. Corri atrás delas, sempre segurando a garrafa. Fiquei bem junto da parede, enfiado atrás de um dos pés da cama. Ouvi passos sobre o tapete e dei uma espiada. As três rãs estavam juntinhas, bem embaixo do centro da cama. As rãs não conseguem se esconder como os ratos, nem correr como eles. A única coisa que as coitadas conseguem fazer é ficar pulando, muito desajeitadas.

De repente apareceu o rosto da Grã-Bruxa, espiando. Minha cabeça voltou feito um raio para trás do pé da cama.

— Então as minhas querridas rãzinhass estão aí? — ouvi-a dizer. — Podem ficarr onde esstão até a horra em que eu forr parra a cama, quando vou lançá-las pela janela parra serrem devorradass pelass gaivotass!

Então, muito forte e clara, ouviu-se a voz da minha avó, através da porta que dava para a sacada.

— Depressa, querido! — gritava ela. — Venha logo! Volte já para cá!

— Quem está chamando? — disse bruscamente a Grã-Bruxa. Espiei de novo e vi que ela atravessava o tapete em direção à sacada. — Quem esstá na minha ssacada? — resmungou ela. — O que é isso? Quem se atrreveu a invadirr minha ssacada?

E ela atravessou a porta e foi direto para a sacada.

— O que ssignifica esste novelo de lã pendurrado aqui? — ouvi-a dizer.

— Olá! — respondeu a voz da minha avó. — Acabei de deixar meu tricô cair na sua sacada, mas tudo bem. Uma das pontas está aqui comigo, e vou puxá-lo para cima. Mesmo assim, muito obrigada.

Fiquei maravilhado com a naturalidade de sua voz.

— Com quem a ssenhora esstava falando agorra mesmo? — perguntou a Grã-Bruxa, irritada. — Quem é que a ssenhora estava mandando aprressarr-se e voltarr logo?

— Eu estava falando com meu neto — ouvi minha avó dizer. — Ele está no banheiro há um tempão. Ele fica lá sentado, lendo livros, e se esquece completamente da vida! *Você* tem filhos, querida?

— Não! — gritou a Grã-Bruxa, voltando rapidamente para o quarto e *batendo a porta da sacada com toda a força*.

Eu estava ferrado. Meu único meio de escapar não existia mais, e eu estava trancado naquele quarto com a Grã-Bruxa e três rãs apavoradas. Comecei a ficar tão apavorado quanto elas. Tinha certeza de que, se fosse descoberto, também seria agarrado e atirado pela janela para ser devorado.

Ouviu-se uma batida na porta.

— Quem sserrá dessta vez? — berrou a Grã-Bruxa.

— Somos nós, as mais velhas — respondeu uma voz muito dócil por trás da porta. — Já são seis horas, e viemos buscar as garrafas que Vossa Majestade nos prometeu.

Ela atravessou o tapete em direção à porta. Em seguida, abriu-a, e vi um monte de pés e sapatos entrando no quarto. Seus movimentos eram lentos e indecisos, como se estivessem com medo de entrar.

— Entrrem logo! Vamos entrrando! — disse bruscamente a Grã-Bruxa. — Não fiquem aí parradass e trremendo no corredor! Não tenho a noite inteirra parra perrderr com vocêss!

Era a minha chance. Saltei dali de trás do pé da cama e disparei depressa na direção da porta aberta. Fui pulando por cima de vários pares de sapatos, e num instante estava no corredor, com a preciosa garrafinha ainda apertada junto ao peito. Ninguém tinha me visto. Não ouvi nenhum grito de "Um rato! Um rato!". O máximo que consegui ouvir foram as vozes das bruxas mais velhas balbuciando aquelas frases idiotas do tipo "Como Vossa Majestade é generosa". Disparei pelo corredor, cheguei à escada e subi correndo os degraus. Fui para o quinto andar, e novamente atravessei o corredor voando até chegar à porta do meu quarto. Graças a Deus, não havia ninguém à vista. Com o fundo da garrafinha, dei umas pancadas na porta. *Tap tap tap tap*. Continuei. *Tap tap tap... tap tap tap...* Será que minha avó ia ouvir? Achei que sim. As batidas do vidrinho faziam um som bastante forte. *Tap tap tap... Tap tap tap...* E assim continuei, pois ninguém aparecia no corredor.

Mas a porta continuava fechada. Resolvi arriscar.

— Vovó! — gritei o mais alto que consegui. — Vovó! Sou eu! Deixe-me entrar!

Ouvi seus passos no tapete, e a porta se abriu. Entrei como uma flecha.

— Consegui! — gritei, dando pulos no ar. — Consegui, vovó! Veja! Uma garrafa inteira daquilo!

Ela fechou a porta, inclinou-se, pegou-me do chão e me colocou carinhosamente nos braços.

— Oh, querido! — gritava ela. — Graças a Deus está são e salvo!

Minha avó pegou a garrafinha e leu o rótulo:

— Fórmula 86 de Ação Tardia para Fazer Ratos. Esta garrafa contém quinhentas doses! Garotinho brilhante! Você é uma maravilha! É fantástico! Como conseguiu se safar do quarto dela?

— Saí voando quando as bruxas mais velhas estavam entrando — contei. — Foi tudo meio perigoso, vovó. Eu não gostaria de ter de passar por isso outra vez.

— E eu também a vi! — disse minha avó.

— Eu sei, vovó. Ouvi a conversa de vocês duas. Você não acha que ela é abominável?

— É uma assassina — respondeu minha avó. — É a mulher mais maligna da face da terra.

— Você viu a máscara dela? — perguntei.

— É incrível — disse minha avó. — Parece um rosto de verdade. Mesmo eu sabendo que era máscara, ficava difícil acreditar. Oh, querido! — disse ela, apertando-me junto ao seu peito. — Achei que nunca mais ia voltar a vê-lo! Estou tão feliz por você ter escapado!

O sr. e a sra. Jenkins encontram Bruno

Minha avó me levou de volta para o seu quarto e me colocou em cima da mesa. A meu lado ela deixou a preciosa garrafa.

— A que horas essas bruxas vão descer para a sala de jantar? — perguntou ela.

— Às oito — respondi.

Ela olhou para o relógio.

— Agora são seis e dez — disse ela. — Temos pouco menos de duas horas para planejar nosso próximo lance.

De repente, seus olhos voltaram-se para Bruno. Ele ainda estava dentro da cesta de bananas. Tinha comido três bananas e começava a atacar a quarta. Estava muito gordo.

— Por hoje chega — falou a minha avó, tirando-o de dentro da cesta. — Acho que está na hora de devolvermos esta coisinha à família dele. Não é mesmo, Bruno?

Bruno lançou-lhe um olhar mal-humorado. Eu nunca tinha visto um rato de cara feia, mas ele conseguiu.

— Meus pais me deixam comer o quanto eu quiser — disse ele. — Prefiro ficar com eles mesmo.

— Não tenho a menor dúvida — disse minha avó.
— E você tem ideia de onde seus pais podem estar neste momento?

— Estavam na sala de estar até agora há pouco — disse eu. — Quando viemos correndo para cá, eu os vi sentados lá.

— Muito bem — disse minha avó. — Então vamos ver se ainda estão lá. Quer vir junto? — perguntou, olhando para mim.

— Quero, por favor — respondi.

— Vou colocar os dois dentro da minha bolsa — disse ela. — Fiquem bem quietinhos e não deixem ninguém ver vocês. Se resolverem dar uma espiada aqui ou ali, nunca mostrem mais do que o nariz.

A bolsa dela era uma coisa grande e volumosa, de couro preto e com um fecho de tartaruga. Bruno e eu fomos colocados dentro dela.

— Vou deixar o fecho aberto — disse minha avó. — Mas façam o favor de não aparecerem.

Eu não tinha a menor intenção de me esconder inteiro. Queria ver tudo. Enfiei-me num bolsinho lateral dentro da bolsa, perto do fecho, de onde podia pôr a cabeça para fora sempre que desejasse.

— Ei! — gritou Bruno. — Pode ir me dando o resto daquela banana que eu estava comendo.

— Tudo bem, tudo bem — disse minha avó. — Qualquer coisa para você ficar quieto.

E ela deu a banana meio comida para ele. Pôs a bolsa a tiracolo, saiu do quarto e foi andando pelo corredor, apoiada na bengala.

Descemos de elevador até o térreo e de lá, passando pela sala de leitura, fomos para a sala de estar. E ali, não havia dúvida, estavam sentados o sr. e a sra. Jenkins, ocupando duas poltronas separadas por uma mesinha redonda e de tampo de vidro. Havia vários outros grupos na sala, mas os Jenkins eram o único casal que se mantinha afastado. O sr. Jenkins estava lendo jornal, e a sra. Jenkins tricotava alguma coisa grande e cor de mostarda. Eu só estava com o nariz e os olhos para fora da bolsa de minha avó, mas tinha uma magnífica visão de tudo.

Com um vestido de renda preta e batendo com aquela bengala enquanto andava, minha avó atravessou a sala de estar e parou diante da mesa dos Jenkins.

— Sr. e sra. Jenkins? — perguntou ela.

O sr. Jenkins olhou por cima do jornal e fechou a cara.

— Sim — disse ele. — Sou o sr. Jenkins. Em que posso ser útil, madame?

— Sinto muito, mas trago notícias terríveis para o senhor — disse ela. — É sobre seu filho Bruno.

— O que há com ele? — perguntou o sr. Jenkins.

A sra. Jenkins levantou os olhos, mas continuou tricotando.

— O que é que esse moleque aprontou desta vez? — perguntou o sr. Jenkins. — Com certeza andou invadindo a cozinha.

— É um pouco pior que isso — disse minha avó. — O senhor não se importaria de me acompanhar até um lugar mais isolado para eu poder lhe contar tudo?

— Lugar isolado? — disse o sr. Jenkins. — E por que teria que ser um lugar isolado?

— Não é muito fácil explicar — disse minha avó. — Antes de contar o que aconteceu, acharia melhor subirmos até o seu quarto e sentarmos um pouco.

O sr. Jenkins abaixou o jornal. A sra. Jenkins parou de tricotar.

— Não *tenho* a menor vontade de subir até o quarto, madame — disse o sr. Jenkins. — Estou muito bem aqui, muito obrigado pelo convite.

Era um homem grandalhão e grosseiro, e não estava acostumado a receber ordens de ninguém.

— Tenha a bondade de dizer o que quer e depois se retirar — acrescentou ele.

Parecia que estava falando com alguém que estivesse querendo vender-lhe um aspirador de pó na porta dos fundos de sua casa.

A coitada da minha avó, que até então tinha feito o possível para ser delicada, começou a ficar um pouco irritada.

— Aqui não dá mesmo para conversarmos — disse ela. — Há muita gente por perto. E o assunto é bastante delicado e pessoal.

— Vou conversar onde me parecer melhor, madame — disse o sr. Jenkins. — Vamos, desembuche logo o que tem a dizer! Se o Bruno quebrou alguma janela ou esmagou os seus óculos, pode ficar tranquila que eu pago os prejuízos, mas não vou arredar o pé daqui!

Um ou dois dos outros grupos na sala começaram a olhar para nós.

— Afinal, onde *está* Bruno? — disse o sr. Jenkins. — Diga para ele vir já para cá.

— Ele já está aqui — respondeu minha avó. — Está dentro da minha bolsa.

E deu uma batidinha de leve com a bengala na sua bolsa de couro, grande e desengonçada.

— Que conversa é essa? A senhora quer dizer que ele está dentro de sua bolsa? — gritou o sr. Jenkins.

— Está querendo bancar a engraçadinha? — disse a sra. Jenkins, toda empertigada.

— Não tem graça nenhuma — disse minha avó. — O filho de vocês teve um problema terrível.

— Isso não é novidade — respondeu o sr. Jenkins. — Ele vive comendo demais, e depois sai soltando gases. A senhora nem imagina o barulhão que faz depois do jantar. Parece uma banda de música! Mas uma boa dose de óleo de rícino é a melhor coisa para curá-lo. Onde está esse fedelho?

— Eu já disse — respondeu minha avó. — Está dentro da minha bolsa. Mas, antes que vocês vejam como ele ficou, continuo achando melhor conversarmos num lugar mais isolado.

— Essa mulher está fora de si — disse a sra. Jenkins. — Peça-lhe para sumir daqui.

— O fato — disse minha avó — é que seu filho Bruno passou por uma alteração muito drástica.

— *Alteração!* — gritou o sr. Jenkins. — Que diabo a senhora está querendo dizer com *isso*?

— Fora daqui! — disse a sra. Jenkins. — A senhora não passa de uma velha desequilibrada!

— Estou tentando lhes dizer, com a máxima educação possível, que Bruno realmente está dentro da minha bolsa — disse minha avó. — Meu neto viu, com seus próprios olhos, quando elas fizeram tudo.

— Viu *quem* fazendo o *quê*, pelo amor de Deus? — berrou o sr. Jenkins.

Seu bigode preto subia e descia quando ele gritava.

— Viu quando as bruxas o transformaram num rato — disse minha avó.

— Chame o gerente, querido — disse a sra. Jenkins ao marido. — Faça com que ponham essa velha estúpida para correr deste hotel.

Nesse momento, a paciência da minha avó chegou ao fim. Ela vasculhou dentro da bolsa e encontrou o Bruno. Tirou-o e o colocou em cima do tampo de vidro da mesa. A sra. Jenkins olhou para aquele ratinho gordo e marrom, que ainda mastigava um pedaço da banana, e deu um grito que fez retinir todos os cristais do lustre. Pulou da poltrona berrando:

— Um rato! Sumam daqui com isso! Tenho pavor desses bichos!

— É o Bruno — disse minha avó.

— Sua velha horrorosa e atrevida! — berrou o sr. Jenkins, enxotando o Bruno com o jornal, tentando empurrá-lo para fora da mesa. Minha avó correu e conseguiu segurá-lo antes que ele caísse. A sra. Jenkins ainda estava aos berros, e o sr. Jenkins, do alto daquele corpo robusto, trovejava: — Suma daqui! Como se atreve a assustar minha esposa desse jeito? Tirem já esse rato imundo daqui!

— Socorro! — gritava a sra. Jenkins, o rosto mais pálido que nunca.

— Pois muito bem, fiz o que pude — disse minha avó, que no mesmo instante virou-se e saiu da sala pisando duro, levando Bruno dentro da bolsa.

O plano

Assim que chegamos ao quarto, minha avó nos tirou da bolsa e nos colocou em cima da mesa.

— Por que você não disse alguma coisa para o seu pai o reconhecer? — perguntou ela a Bruno.

— Porque eu estava com a boca cheia — respondeu Bruno, pulando de novo para dentro da cesta de bananas e pondo-se a comer.

— Que garotinho mais desagradável — disse-lhe minha avó.

— Garotinho não, vovó — disse eu. — Ratinho.

— Tem razão, querido. Mas agora não temos tempo para nos preocupar com ele. Temos que fazer planos. Dentro de mais ou menos uma hora e meia, todas as bruxas estarão descendo para a sala de jantar, certo?

— Certo.

— E cada uma vai ter de engolir uma dose da Fórmula Fazedora de Ratos — disse ela. — Como é que vamos conseguir isso?

— Vovó — respondi. — Acho que você está esquecendo que rato consegue entrar em lugares onde as pessoas jamais conseguiriam entrar.

— Eu sei disso — falou ela. — Mas nem um rato é capaz de arrastar-se por uma mesa carregando uma garrafa de Fórmula Fazedora de Ratos por cima do rosbife das bruxas, e além de tudo sem ser descoberto.

151

— Não estou pensando em fazer nada na sala de jantar — disse eu.

— Onde, então? — perguntou ela.

— Na cozinha — respondi —, enquanto a comida delas estiver sendo preparada.

Minha avó cravou os olhos em mim.

— Meu neto querido — disse ela bem devagar —, estou plenamente convencida de que transformado em rato você duplicou a sua inteligência!

— Um ratinho — disse eu — pode vasculhar toda a cozinha, entre panelas e caçarolas, e, se tiver cuidado, não vai ser visto por ninguém.

— Brilhante! — gritou minha avó. — Deus do céu, acho que você matou a charada!

— O único problema — disse eu — vai ser descobrir qual é a comida delas. Não quero colocar a fórmula na panela errada. Seria um desastre eu transformar todos os outros hóspedes em ratos, principalmente você, vovó.

— Pois então é só você dar um jeito de entrar na cozinha, encontrar um bom lugar para se esconder, esperar... e ouvir. Fique ali, em algum cantinho escuro, ouvindo tudo o que dizem os cozinheiros... Depois, com um pouco de sorte, alguém vai lhe dar uma dica. Sempre que eles têm de preparar algum grande jantar, a comida é feita separadamente.

— Está bem — disse eu. — É isso mesmo que vou fazer. Vou ficar esperando por ali, escutando tudo e torcendo para ter um pouco de sorte.

— Vai ser muito perigoso — disse minha avó. — Ninguém gosta de rato na cozinha. Se for descoberto, vão acabar com você.

— Não vou deixar — respondi.

— Não se esqueça de que vai estar carregando a garrafa — disse ela —, e portanto não vai poder ser tão rápido.

— Se eu correr em pé, levando a garrafinha junto ao meu peito, minha velocidade pode ser enorme — disse eu. — Acabei de fazer isso, lembra? Corri do quarto da Grã-Bruxa até aqui carregando essa garrafa.

— E para tirar a rolha? — perguntou ela. — Pode ser meio difícil.

— Deixe-me tentar — respondi.

Peguei a garrafinha e, com as duas patas dianteiras, descobri que era muito fácil tirar a rolha.

— Perfeito. Você é realmente um rato muito esperto. Às seis e meia — disse ela, olhando para o relógio — vou descer para a sala de jantar, levando você na bolsa. Lá vou soltá-lo por baixo da mesa com essa preciosa garrafinha, mas depois você vai ter que se virar sozinho. Vai ter que abrir caminho, sem ser visto, da sala de jantar até a porta da cozinha. Um monte de garçons vai estar circulando por ali o tempo todo. Você vai ter de entrar rapidamente atrás de um deles, mas, pelo amor de Deus, tome cuidado para não pisarem em você nem o esmagarem com a porta.

— Vou fazer o possível — respondi.

— E, aconteça o que acontecer, não deixe que o peguem.

— Chega, vovó. Você está me deixando nervoso.

— Você é um sujeitinho muito corajoso — disse ela. — Tenha certeza de que o amo muito.

— O que vamos fazer com o Bruno? — perguntei-lhe.

Bruno deu uma olhada.

— Vou com você — disse ele, com a boca cheia de banana. — Não vou perder meu jantar!

Minha avó ficou pensativa por um instante.

— Vou levá-lo comigo — disse ela —, desde que você prometa ficar em absoluto silêncio dentro da minha bolsa.

— E a senhora vai me passando comida de sua mesa? — perguntou Bruno.

— Vou — disse ela —, desde que você prometa que vai se comportar bem. Você não gostaria de comer alguma coisa, querido? — ela perguntou para mim.

— Não, obrigado — respondi. — Estou agitado demais para comer. E, para todo esse trabalhão que me espera, tenho de estar em boa forma e bem-disposto.

— Você realmente tem uma grande tarefa pela frente — disse minha avó. — Maior do que qualquer outra que já teve ou vai ter um dia.

Na cozinha

— Chegou a hora! — disse minha avó. — Chegou o grande momento! Está preparado, querido?

O relógio marcava exatamente sete e meia. Bruno estava dentro da cesta, acabando de comer a quarta banana.

— Espere um pouco — disse ele. — Só mais alguns bocados!

— Nada disso! — disse minha avó. — Temos de ir!

Ela o agarrou firme com a mão. Estava muito tensa e nervosa, eu nunca a tinha visto daquele jeito antes.

— Agora vou colocar vocês dois dentro da bolsa, mas vou deixar o fecho aberto — disse ela. Bruno foi colocado primeiro, e eu fiquei esperando, segurando a garrafinha contra o peito. — Agora *você* — disse ela, que me pegou e me deu um beijo no focinho. — Boa sorte, querido. A propósito, você sabe que tem um rabo, não sabe?

— Um o quê? — perguntei.

— Um rabo. Um rabo longo e flexível.

— Pois confesso que nem tinha pensado nisso! — disse eu. — Deus do céu, e não é que tenho mesmo? Veja só, posso mexê-lo à vontade! E é bem grandão, não é?

— Só estou lembrando porque ele pode ser de grande utilidade quando você estiver subindo pelas coisas da cozinha — afirmou minha avó. — Você pode enroscá-lo e

155

enganchá-lo nas coisas, além de se balançar nele e usá-lo para descer de lugares muito altos.

— Eu devia ter pensado nisso antes — respondi. — Podia ter treinado um pouco.

— Agora é tarde — disse minha avó. — Não podemos esperar nem mais um minuto.

Fui colocado na bolsa junto com Bruno, e imediatamente me instalei no meu lugar preferido, dentro do bolsinho lateral, de onde podia pôr a cabeça para fora e ver tudo o que se passava.

Minha avó pegou a bengala e saiu para o corredor. Logo o elevador chegou, e ela entrou. Não havia ninguém além de nós.

— Ouça — disse ela. — Quando estivermos na sala de jantar, não vou poder ficar falando muito com você, senão as pessoas vão pensar que sou dessas idosas desorientadas que falam sozinhas.

O elevador chegou ao térreo e parou com um solavanco. Minha avó saiu, atravessou o saguão e entrou na sala de jantar. Era uma sala enorme, com enfeites dourados no teto e grandes espelhos pelas paredes. As mesas estavam sempre reservadas para os hóspedes regulares, e muitos já estavam em seus lugares, começando a jantar. Os garçons se agitavam por toda parte, carregando pratos e travessas. Nossa mesa era pequena, e ficava para a direita, quase no meio da sala. Minha avó caminhou até lá e se sentou.

Coloquei a cabeça para fora e vi que, bem no meio da sala, havia duas mesas longas ainda desocupadas. Em cada uma, preso a um pequeno bastão prateado, havia um pequeno aviso onde se lia: RESERVADO PARA OS MEMBROS DA RSPCC.

Minha avó olhou para aquelas mesas, mas não disse nada. Desdobrou o guardanapo e o colocou sobre a bolsa, em seu colo. Sua mão deslizou por baixo do guardanapo, e, com toda delicadeza, ela me pegou. Com o guardanapo ainda me escondendo, levou-me até bem perto do seu rosto e disse:

— Vou colocá-lo no chão, por baixo da mesa. A toalha vai quase até o chão, e assim ninguém vai vê-lo. Está com a garrafa?

— Sim — respondi. — Tudo pronto, vovó.

Nesse momento, um garçom todo vestido de preto colocou-se diante da nossa mesa. Por baixo do guardanapo eu via as pernas dele, e o reconheci assim que ele começou a falar. Seu nome era William.

— Boa noite, madame — disse ele. — Seu netinho não vai jantar esta noite?

— Ele não está se sentindo muito bem — mentiu minha avó —, e achei melhor ele ficar no quarto.

— É uma pena — disse William. — Hoje temos sopa de ervilhas de entrada, e, como prato principal, a senhora pode escolher entre filé de linguado grelhado e carneiro assado.

— Sopa de ervilhas e carneiro, por favor — disse minha avó. — Mas não precisa se apressar, William, pois hoje não estou com pressa nenhuma. Aliás, traga-me primeiro um copo de xerez.

— Pois não, madame — disse William e foi embora.
Minha avó fingiu que tinha derrubado alguma coisa, e, ao abaixar-se, tirou-me do guardanapo e me colocou no chão por baixo da mesa.

— Agora vá, querido, vá! — sussurrou ela, voltando em seguida a encostar-se na cadeira.

Agora eu tinha de me virar sozinho. Continuava segurando firmemente a garrafa, e sabia exatamente onde ficava a porta da cozinha. Para chegar até lá, precisava atravessar quase a metade da enorme sala de jantar. *Lá vou eu*, pensei e disparei feito um raio na direção da parede. Atravessar a sala de jantar seria muito arriscado; achei melhor ir andando ao longo do rodapé até alcançar a porta da cozinha.

Como eu corri! Acho que ninguém me viu, pois todo mundo estava muito ocupado com o jantar. Mas, para chegar à porta que dava na cozinha, eu precisava atravessar a entrada principal da sala de jantar. Justo quando eu ia fazer isso, surgiu um grupo enorme de mulheres. Encolhi o corpo junto à parede, segurando firme a garrafinha. No início só vi os sapatos e os tornozelos das mulheres, mas quando levantei um pouco os olhos percebi imediatamente quem elas eram. Eram as bruxas chegando para o jantar!

Esperei até todas passarem por mim, e então disparei para a porta da cozinha, que estava justamente sendo aberta por um garçom. Entrei correndo atrás dele e me escondi atrás de um cesto de lixo. Fiquei ali um tempão, prestando atenção às conversas, em meio ao rebuliço e à agitação. Meu Deus, que lugar aquela cozinha! Que barulho! Que fumaceira! Que barulheira de panelas e caçarolas! E os cozinheiros só falavam aos berros! Os garçons, o tempo todo entrando e saindo da sala de jantar, também faziam os pedidos para os cozinheiros aos berros! "Quatro sopas, dois carneiros e dois peixes, mesa vinte e oito! Três tortas e dois sorvetes de morango, mesa dezessete!" Era o tempo todo assim, não parava nunca.

Não muito acima da minha cabeça havia uma alça, de um dos lados do cesto de lixo. Ainda segurando a garrafa, dei um pulo e, num salto mortal, agarrei a alça com a ponta do rabo. De repente, ali estava eu balançando, subindo e descendo, para lá e para cá. Era incrível. Adorei. *É assim*, pensei, *que os trapezistas de circo devem se sentir quando, bem lá no alto, cortam o ar como um chicote*. A única diferença era que trapézio de circo só balança para a frente e para trás. Com o meu trapézio (ou seja, o meu rabo) eu podia balançar em qualquer direção. Quem sabe algum dia eu ainda me transformaria num rato de circo?

Nesse momento entrou um garçom com um prato na mão, e ouvi quando ele dizia:

— A velha megera da mesa quatorze diz que a carne está muito dura e mandou levar outra porção.

Um dos cozinheiros então respondeu:

— Pode deixar comigo!

Voltei para o chão e fiquei espiando por trás do cesto de lixo. O cozinheiro tirou a carne do prato, colocou outro pedaço e então disse:

— Venham, rapazes, vamos acrescentar um pouco de molho!

E passou com o prato diante de cada uma das pessoas. E sabem o que foi que fizeram? Todos os cozinheiros e ajudantes de cozinha cuspiram no prato da mulher!

— Agora vamos ver se ela gosta — disse o cozinheiro, passando o prato para o garçom.

No mesmo instante entrou outro garçom gritando:

— As mulheres do grupo da RSPCC querem que a sopa seja servida!

Fiquei de orelha em pé. Estava na hora de agir. Afastei-me um pouco do cesto de lixo para ter uma visão mais geral do que acontecia na cozinha. Um homem com um enorme chapéu branco, que devia ser o cozinheiro-chefe, gritou:

— Ponham a sopa da mulherada na sopeira grande de prata!

Vi quando ele colocou uma vasilha enorme sobre o balcão de madeira que ocupava toda a extensão da parede à minha frente. *É exatamente aí que a sopa vai ser servida*, pensei. *Também é aí que vou ter de jogar o líquido da minha garrafinha.*

Bem no alto, perto do teto e acima do balcão, havia uma longa prateleira cheia de panelas e frigideiras. Se eu conseguisse chegar até aquela prateleira, estaria tudo resolvido. Eu ficaria bem em cima da sopeira de prata.

Mas antes eu precisava dar um jeito de passar para o outro lado da cozinha, e de lá para a prateleira do meio. Então tive uma grande ideia!

Mais uma vez, dei um salto e enrolei o rabo na alça do cesto de lixo.

Depois, pendurado de cabeça para baixo, comecei a balançar o corpo, subindo cada vez mais alto. Fiquei pensando no trapezista de circo que eu tinha visto na Páscoa, que fazia o trapézio ir subindo, subindo, e depois se soltava e saía voando. Então fiz a mesma coisa. Quando meu balanço tinha chegado ao ponto mais alto, soltei o rabo, atravessei a cozinha voando e fiz uma aterrissagem perfeita na prateleira do meio!

Meu Deus, pensei, *que coisas maravilhosas um rato é capaz de fazer! E eu sou apenas um principiante!*

Ninguém tinha me visto. Estavam todos muito ocupados com as panelas e caçarolas. De onde eu estava, dei um jeito de subir por um cano de água no canto da parede e, num piscar de olhos, estava na prateleira de cima, perto do teto, em meio a um monte de panelas e frigideiras. Sabia que, ali, ninguém poderia me ver. Era uma posição perfeita, e fui caminhando pela prateleira até ficar exatamente acima da sopeira de prata. Destampei a garrafa, fiquei bem na beirada da prateleira e despejei todo o líquido bem dentro da sopeira.

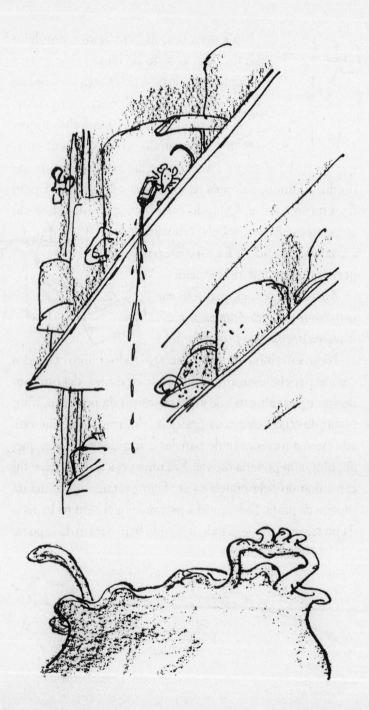

Logo chegou um dos cozinheiros com um caldeirão enorme e fumegante, e também despejou toda a sopa dentro da sopeira de prata. Depois de colocar a tampa, ele gritou:

— Sopa da mulherada pronta para sair!

E logo em seguida um garçom veio e levou a sopeira.

Eu tinha conseguido! Mesmo que eu nunca mais voltasse vivo para perto da minha avó, aquelas bruxas iam engolir aquilo e se transformar em ratos! Deixei a garrafinha vazia atrás de uma panela e comecei a pensar em como faria para descer da prateleira. Era muito mais fácil movimentar-me sem a garrafa. Sempre utilizando meu rabo, fui atravessando toda a prateleira, passando do cabo de uma panela para o cabo de outra, enquanto lá embaixo continuava o alvoroço dos cozinheiros e garçons. Chaleiras fumegavam, panelas crepitavam, caçarolas ferviam, e eu pensava com meus botões: *Isto sim é que é vida! Que coisa incrível ser um rato e fazer um trabalho divertido como este!*

Continuei balançando. Fui passando de um cabo de panela a outro, e estava me divertindo tanto que me esqueci de que estava totalmente visível para qualquer um que resolvesse olhar para cima. O que aconteceu em seguida foi tão rápido que não tive tempo de me safar. Um homem começou a gritar:

— Um rato! Olhem aquele ratinho imundo ali!

E eu vi de relance, logo abaixo de mim, uma figura vestida de branco, com um chapéu branco enorme. Percebi o brilho do aço quando a faca passou zunindo pelo ar, e senti uma pontada de dor bem na ponta do meu rabo. E eu fui caindo de ponta-cabeça, em direção ao chão. Enquanto caía, já sabia o que tinha acontecido. Sabia que a ponta do meu rabo tinha sido cortada, que eu ia me esborrachar no chão e que todo mundo na cozinha ia avançar em cima de mim.

— Um rato! — gritavam todos. — Um rato! Um rato! Não deixem escapar!

Mal cheguei ao chão, disparei feito um raio para salvar minha pele. Eu só via enormes sapatos pretos tentando pisar em mim. Eu escapava de um lado, escapava de outro, corria, corria, desviava para cá, virava para lá, ziguezagueando pelo chão da cozinha.

— Pega! Mata! Pisa! — gritavam eles. Era como se todo o chão estivesse fervilhando de sapatos pretos tentando me esmagar, e eu corria, me desviava, escapava, serpenteava, até que, por desespero, sem saber o que estava fazendo e só querendo um lugar para me esconder, subi pela barra da calça de um dos cozinheiros e me grudei na meia dele!

— Ei — gritou o cozinheiro. — Minha nossa! Ele entrou pela minha calça! Espere um pouco, desta vez você não escapa!

O homem começou a dar tapas na perna da calça, e, se eu não fosse muito rápido, ia ser esmagado *mesmo*. Só havia um caminho a seguir, e era para cima. Cravei minhas patinhas na perna peluda do cozinheiro e fui subindo. Passei pela panturrilha, subi pelo joelho e, quando vi, estava na coxa dele.

— Droga! — gritava o homem. — Ele não para de subir! Já correu por toda a minha perna!

Ouvi os outros cozinheiros morrendo de rir, mas juro que eu não estava achando nada engraçado. Estava correndo para salvar minha vida. As mãos do homem batiam por toda parte, ele saltava como se estivesse pisando em brasa, e eu continuava subindo e me desviando. Logo cheguei à parte mais alta da perna da calça. Era o fim da linha. Não havia mais para onde ir.

— Socorro! Socorro! — berrava o homem. — Ele entrou na minha cueca! Está correndo por dentro da minha cueca! Tirem esse rato de mim! Por favor, me ajudem a tirar esse bicho daqui!

— Por que não tira a calça, seu estúpido? — gritou alguém. — Desça a calça e vamos dar um jeito de agarrá-lo!

Agora eu estava no meio da calça do homem, bem no lugar onde as duas pernas se encontram! Lá dentro estava escuro, e fazia um calor horrível. Eu sabia que não podia parar. Fui em frente e fui parar na outra perna da calça. Desci por ela feito um raio, cheguei até a barra e saltei para o chão. Ouvi o idiota do cozinheiro ainda gritando:

— Ele está na minha calça! Peguem esse bicho! *Por favor*, me ajudem a tirá-lo daqui antes que ele me morda!

Dei uma olhada e vi todos os empregados da cozinha em volta dele, morrendo de rir. Por isso mesmo, ninguém percebeu quando o ratinho marrom passou em alta velocidade e entrou num saco de batatas.

Escondi-me ali, no meio de um monte de batatas sujas, e prendi a respiração. O cozinheiro devia estar começando a tirar a calça, pois agora todos gritavam:

— Ele não está aí! Não tem rato nenhum aí, seu bobalhão!

— Mas estava! Juro que estava! — respondia o homem aos berros. — Bem se vê que vocês *nunca* tiveram um rato dentro da calça! Nem imaginam como a gente se sente!

O fato de uma criatura minúscula como eu ter provocado tanto alvoroço entre um bando de homens adultos me encheu de felicidade. Apesar da dor na minha cauda, não conseguia deixar de rir.

Fiquei onde estava até ter certeza de que tinham se esquecido de mim. Então fui subindo pelas batatas e, com todo o cuidado, pus a cabecinha para fora do saco. Mais uma vez, vi a cozinha num alvoroço total, os cozinheiros e os garçons correndo para todo lado. Vi quando voltou o garçom que tinha trazido a reclamação sobre a carne dura.

— Pessoal! — gritou ele. — Perguntei à velha megera se a outra porção de carne estava melhor, e ela disse que estava deliciosa! Disse que o sabor estava fantástico!

Eu precisava sair daquela cozinha e voltar para perto da minha avó. Só havia um jeito de fazer isso. Eu precisava sair em disparada e passar pela porta atrás de um dos garçons. Fiquei ali bem quietinho, esperando surgir uma oportunidade. A dor no meu rabo estava insuportável. Enrolei-o, para poder olhar. Faltavam uns cinco centímetros, e estava sangrando muito. Um dos garçons passou carregando uma remessa de pratos cheios de sorvete cor-de-rosa. Levava um prato em cada mão, e equilibrava outros dois, um em cada braço. Andou até a porta e abriu--a com um dos ombros. Saí correndo do saco de batatas, atravessei a cozinha e fui parar na sala de jantar com a velocidade de um raio. Só parei de correr quando vi que estava debaixo da mesa da minha avó.

Era maravilhoso voltar a ver os pés da minha avó enfiados naqueles sapatos pretos cheios de botões e fivelas. Subi por uma de suas pernas e me instalei no seu colo.

— Oi, vovó! — sussurrei. — Estou de volta! Consegui! Derramei todo o líquido na sopa delas!

Ela abaixou uma das mãos e me acariciou.

— *Muito bem*, querido! — ela também sussurrou. — Você é demais! Elas estão tomando a sopa! — E ela retirou a mão de repente. — Você está sangrando! — disse bem baixinho. — Meu querido, o que foi que aconteceu?

— Um dos cozinheiros cortou meu rabo com uma faca — respondi, sussurrando. — A dor está insuportável.

— Deixe-me dar uma olhada — disse ela. Abaixou a cabeça e examinou a minha cauda. Até que sussurrou: — Coitadinho! Vou fazer uma atadura com meu lenço. Pelo menos vai parar de sangrar.

Ela tirou um lenço rendado da bolsa e deu um jeito de enrolar o meu rabo nele.

— Agora está tudo bem — disse ela. — Tente não pensar nisso. Você conseguiu mesmo jogar todo o líquido da garrafinha na sopa delas?

— Até a última gota — respondi. — Será que dá para você me colocar num lugar onde eu possa vê-las?

— Óbvio que dá — respondeu ela. — Minha bolsa está na cadeira vazia a meu lado, que é a sua. Vou colocar você lá. Mas tome cuidado para não ser visto. O Bruno também está lá, mas não se preocupe com ele. Dei-lhe um biscoito, e isso vai mantê-lo ocupado por um bom tempo.

A mão dela se fechou em volta de mim, e fui levado do seu colo para a bolsa.

— Olá, Bruno — disse eu.

— Que delícia de biscoito — disse ele, no fundo da bolsa, mastigando sem parar. — Mas é uma pena que não tenham passado manteiga nele.

Espiei por cima da abertura da bolsa. Dali eu tinha uma visão perfeita das bruxas, que ocupavam as duas mesas compridas bem no centro da sala. Elas tinham terminado a sopa, e os garçons retiravam os pratos. Minha avó tinha acendido um dos seus abomináveis charutos pretos e soltava fumaça por todo lado. Ao nosso redor, os hóspedes do hotel estavam tagarelando e devorando seu jantar. Cerca da metade era de pessoas velhas com bengalas, mas também havia muitas famílias formadas por marido, mulher e vários filhos. Eram todos gente muito abastada. Era preciso ter muito dinheiro para se hospedar no Majestic Hotel.

— Aquela lá é ela, vovó! — sussurrei. — É a Grã-Bruxa!

— Eu sei! — respondeu minha avó, baixinho. — É aquela mulherzinha vestida de preto e sentada à cabeceira da mesa mais próxima!

— Ela tem o poder de nos matar! — sussurrei. — Tem o poder de matar todas as pessoas desta sala com suas faíscas incandescentes!

— Cuidado! — cochichou minha avó. — O garçom vem vindo!

Fui para o fundo da bolsa, e de lá ouvi William dizendo:

— Seu carneiro assado, madame. E o que prefere para acompanhar, ervilha ou cenoura?

— Cenoura, por favor — disse minha avó. — Mas sem batatas.

Ouvi quando as cenouras foram colocadas no prato. Depois de uma pausa, ouvi minha avó sussurrar:

— Está tudo bem, ele já se foi.

E então coloquei a cabeça para fora outra vez.

— Será que alguém vai perceber esta minha cabecinha saindo de sua bolsa, vovó?

— Não — respondeu ela. — Acho que não. O *meu* problema é ter de conversar com você sem mexer os lábios.

— Você está se saindo muito bem — respondi.

— Já contei as bruxas — disse ela. — São menos do que você pensou. Quando você me disse que eram duzentas, estava chutando, não estava?

— É que *pareciam* duzentas — disse eu.

— Eu também me enganei — disse minha avó. — Achei que o número de bruxas inglesas fosse bem maior.

— Quantas são? — perguntei.

— Oitenta e quatro — disse ela.

— *Eram* oitenta e cinco — disse eu. — Mas uma delas foi torrada.

Nesse momento, percebi que o sr. Jenkins, pai de Bruno, vinha na direção da nossa mesa.

— Cuidado, vovó! — sussurrei. — Aí vem o pai do Bruno!

O sr. Jenkins e seu filho

O sr. Jenkins se aproximou da nossa mesa com passos duros e uma cara de poucos amigos.

— Onde é que está aquele seu neto? — perguntou ele à minha avó com grosseria. Ele parecia muito nervoso.

Minha avó fez a cara mais fria do mundo e não disse nada.

— Imagino que ele e meu filho Bruno estejam aprontando alguma — continuou o sr. Jenkins. — Bruno não apareceu para o jantar, e só uma coisa muito séria pode levar esse menino a se esquecer de comer.

— Devo admitir que ele tem um apetite muito saudável — disse minha avó.

— Tenho a impressão de que *a senhora* também está metida nisso — disse o sr. Jenkins. — Não sei quem é, e não tenho a menor vontade de saber, mas hoje à tarde a senhora fez umas brincadeiras de muito mau gosto comigo e com minha esposa. Colocou um ratinho imundo em cima da mesa. Tudo isso me leva a pensar que vocês três estão aprontando alguma coisa. Portanto, se estiver sabendo onde o Bruno se meteu, tenha a gentileza de me dizer imediatamente.

— Eu não fiz nenhuma brincadeira de mau gosto — respondeu minha avó. — Aquele rato que eu lhes mostrei era o seu filhinho Bruno. Eu estava sendo gentil. Estava tentando devolvê-lo à sua família, e vocês se recusaram a recebê-lo.

— Que idiotices são essas que está insinuando, madame? — gritou o sr. Jenkins. — Meu filho não é um *rato*! — E o bigode preto do homem subia e descia enquanto ele falava. — Vamos lá, minha senhora, onde é que ele está? Vamos acabar com isso!

A família da mesa ao lado parou de comer, e todos olhavam para o sr. Jenkins. Minha avó continuava sentada, fumando calmamente seu charuto preto.

— Entendo perfeitamente a sua fúria, sr. Jenkins — disse ela. — Qualquer outro pai inglês ficaria tão perturbado quanto o senhor. Mas na Noruega, que é o lugar de onde venho, estamos muito acostumados com coisas desse tipo. Aprendemos a aceitá-las como parte do dia a dia.

— A senhora deve ter perdido o juízo mesmo! — gritou o sr. Jenkins. — Onde está o Bruno? Ou a senhora me conta tudo agora, ou vou imediatamente chamar a polícia!

— Bruno é um rato — disse minha avó com a mesma calma de sempre.

— Com toda certeza ele *não* é um rato — berrou o sr. Jenkins.

— É óbvio que sou! — disse Bruno, colocando a cabeça para fora da bolsa.

O sr. Jenkins se sobressaltou tanto que pulou.

— Olá, papai! — disse Bruno, com um sorrisinho estúpido de rato, que lhe arreganhava todos os dentes.

A boca do sr. Jenkins se escancarou de tal forma que dava para ver todas as obturações dos seus dentes de trás.

— Não se preocupe, papai — continuou Bruno. — Não é nada tão terrível assim. É só evitar que eu seja agarrado por algum gato.

— B-B-Bruno! — balbuciava e gaguejava o sr. Jenkins.

— Adeus, escola! — gritava Bruno com aquele mesmo sorrisinho estúpido de rato. — Adeus, tarefas de casa! Vou passar a vida inteira no armário da cozinha, me empanturrando de mel e uva-passa!

— M-m-mas, B-B-Bruno! — disse o sr. Jenkins, gaguejando de novo. — Como foi que tudo isso aconteceu?

O coitado estava totalmente desconcertado.

— Bruxas — disse minha avó. — Foram as bruxas que o transformaram em rato.

— Não posso ter um rato como filho! — disse quase chorando o sr. Jenkins.

— Mas agora tem — disse minha avó. — Seja muito bonzinho com ele, sr. Jenkins.

— A mãe dele vai perder a cabeça! — gritou o sr. Jenkins. — Ela tem pavor de ratos!

— Pois vai ter de se acostumar com eles — respondeu minha avó. — Só espero que não tenham gato em casa.

— Mas nós temos! Temos mesmo! — gritava o sr. Jenkins. — Topsy é a criatura que minha esposa mais ama neste mundo!

— Então vocês vão ter de se livrar de Topsy — disse minha avó. — Seu filho é mais importante do que um gato.

— Sem dúvida nenhuma! — gritou Bruno lá de dentro da bolsa. — Diga para a mamãe dar sumiço no Topsy antes de eu voltar para casa.

A essa altura, metade da sala de jantar estava olhando para o nosso grupinho. Facas, garfos e colheres tinham sido pousados sobre as mesas, e por toda parte muitas cabeças se voltavam para o sr. Jenkins, que não parava de gritar e de falar de maneira confusa. Como Bruno e eu não estávamos à vista, todos tentavam descobrir que confusão era aquela.

— Aliás — disse minha avó —, o senhor não gostaria de saber quem foi que o transformou em rato?

Um sorrisinho malicioso estampou-se no rosto dela. Percebi que minha avó estava prestes a meter o sr. Jenkins numa encrenca.

— Quem? — gritou ele. — Quem foi que fez isso?

— Aquela mulher sentada logo ali — disse minha avó. — Aquela mulherzinha de vestido preto, sentada à cabeceira daquela mesa comprida.

— Ela é da RSPCC! — gritou o sr. Jenkins. — É a presidenta!

— Não é, não — disse minha avó. — Ela é a Grã--Bruxa do Mundo Inteiro.

— A senhora quer dizer que *ela* fez tudo isso? Aquela mulherzinha magricela sentada ali? — berrou o sr. Jenkins, com um dedo imenso estendido na direção dela. — Vou pôr todos os meus advogados em cima dela! Ela vai pagar caro por tudo isso!

— No seu lugar, eu não me precipitaria — disse-lhe minha avó. — Aquela mulher tem poderes mágicos, e poderia transformar o *senhor* em alguma coisa ainda mais insignificante do que um rato. Talvez numa barata.

— *Eu* ser transformado em barata? — gritou o sr. Jenkins, estufando o peito. — Pois ela que experimente!

E ele girou nos calcanhares e saiu pisando duro, na direção da mesa da Grã-Bruxa. Minha avó e eu ficamos observando. Bruno também tinha pulado para a nossa mesa e estava de olho no pai. A sala de jantar em peso estava com os olhos voltados para o sr. Jenkins. Fiquei ali onde estava, espiando através da bolsa da minha avó. Achei que seria melhor não me expor.

O triunfo

O sr. Jenkins tinha avançado alguns passos na direção da mesa da Grã-Bruxa quando um grito terrível abafou todos os outros barulhos da sala. No mesmo instante, a Grã-Bruxa deu um salto enorme no ar!

Primeiro ela ficou em pé na cadeira, gritando...

Depois subiu na mesa, agitando os braços sem parar...

— Que diabo está acontecendo, vovó?

— Espere! — disse minha avó. — Fique quieto e preste atenção.

De repente todas as outras bruxas, e eram mais de oitenta, começaram a gritar e a pular de suas cadeiras, como se alguém estivesse espetando alfinetes em seus traseiros. Algumas estavam em pé nas cadeiras, outras tinham subido na mesa, e todas se agitavam e sacudiam os braços como se estivessem agoniadas.

Então, de repente, todas ficaram quietas.

E depois ficaram duras. Cada uma daquelas bruxas ficou rígida e silenciosa como um cadáver. Um silêncio absoluto pairava pela sala toda.

— Elas estão encolhendo, vovó! — disse eu. — Estão encolhendo do mesmo jeito que eu encolhi!

— Eu sei — disse minha avó.

— É a Fórmula para Fazer Ratos! — gritei. — Olhe só! Algumas delas estão ficando com a cara peluda! Por que será que está fazendo efeito tão depressa, vovó?

— Vou dizer por quê — disse minha avó. — É porque, assim como aconteceu com você, todas elas tomaram doses enormes. E, com isso, o despertador ficou desregulado!

Agora todo mundo estava em pé para ver melhor o que estava acontecendo. Muita gente ia se aproximando e se aglomerando em volta das duas mesas. Minha avó ergueu Bruno e eu, para não perdermos nada do espetáculo. Estava tão agitada que subiu na cadeira para enxergar melhor, por cima das cabeças da multidão.

Em poucos segundos, todas as bruxas tinham desaparecido completamente, e as duas mesas compridas estavam fervilhando de ratinhos marrons.

Por toda a sala de jantar, mulheres gritavam, e até homens grandes e robustos empalideciam e se punham a gritar:

— Que absurdo! Isso não pode acontecer! Vamos embora daqui!

Os garçons atacavam os ratos com cadeiras, garrafas de vinho e qualquer coisa que tivessem à mão. O cozinheiro-chefe, com seu enorme chapéu branco, saiu correndo da cozinha empunhando uma frigideira. Outro homem, atrás dele, brandia uma faca, enquanto todos gritavam:

— Ratos! Ratos! Ratos! Temos que nos livrar desses ratos!

Só as crianças se divertiam. Era como se soubessem, por instinto, que alguma coisa muito boa para elas estava acontecendo ali, diante dos seus olhos. Todas batiam palmas, gritavam vivas e gargalhavam alegremente.

— Está na hora de irmos embora — disse minha avó. — Já fizemos nossa tarefa.

Ela se levantou da cadeira, pegou a bolsa e a pôs a tiracolo. Eu estava na sua mão direita, e Bruno na esquerda.

— Bruno — disse minha avó —, chegou o momento de devolvê-lo à sua querida família.

— Minha mãe não é muito fascinada por ratos — disse ele.

— Eu já tinha percebido — disse minha avó. — Mas ela vai ter de se acostumar com você, não vai?

Não foi difícil encontrar o sr. e a sra. Jenkins. A voz esganiçada da sra. Jenkins ecoava por toda a sala.

— Herbert! Herbert, tire-me já daqui! Há ratos por toda parte! Eles vão subir pela minha saia! — gritava ela, dependurada no marido.

De onde eu estava, tinha a impressão de que ela estava se balançando no pescoço dele.

Minha avó foi até eles e colocou Bruno nas mãos do sr. Jenkins.

— Aqui está o seu garotinho — disse ela. — Ele está precisando de uma dieta.

— Olá, papai! — disse Bruno. — Olá, mamãe!

A sra. Jenkins começou a gritar mais alto ainda. Minha avó, levando-me na mão, saiu majestosamente da sala. Foi para o saguão do hotel e de lá saiu pela entrada principal.

Lá fora estava uma noite quente e agradável, e dava para ouvir as ondas quebrando na praia, do outro lado da rua.

— O senhor poderia me chamar um táxi? — pediu minha avó a um porteiro alto e uniformizado.

— Certamente, madame — disse ele, colocando dois dedos na boca e dando um longo assobio. Fiquei olhando para ele com inveja. Eu tinha passado semanas tentando assobiar daquele jeito, mas nunca consegui. E agora eu nunca conseguiria.

O táxi chegou. O motorista era um velhote de bigode preto, caído dos lados. O bigode pendia por cima de sua boca como raízes de uma planta.

— Para onde vamos, madame? — perguntou ele. De repente me viu, um ratinho aconchegado numa das mãos de minha avó. — Caramba! O que é isso?

— Meu neto — disse minha avó. — Tenha a bondade de nos levar até a estação.

— Sempre gostei de ratos — disse o velho motorista. — Quando era garoto, tinha centenas deles. Sabia, madame, que os ratos são os animais que se reproduzem mais depressa? Portanto, se esse aí é seu neto mesmo, aposto que dentro de poucas semanas a senhora vai estar com *um monte* de bisnetos!

— Tenha a bondade de nos levar até a estação — disse minha avó, toda empertigada.

— Pois não, madame. — disse ele. — É pra já.

Minha avó entrou na parte de trás do carro, sentou-se e colocou-me no seu colo.

— Estamos voltando para casa? — perguntei.

— Estamos — respondeu ela. — De volta para a Noruega.

— Viva! — gritei. — Viva, que maravilha!

— Tinha certeza de que você ia gostar — disse ela.

— Mas... e a nossa bagagem?

— E quem é que se preocupa com bagagem? — respondeu ela.

O táxi rodava pelas ruas de Bournemouth. Naquela hora do dia, as calçadas ficavam cheias de turistas de férias, todos perambulando, sem nada para fazer.

— Como está se sentindo, meu querido? — perguntou minha avó.

— Muito bem — disse eu. — Maravilhosamente bem.

Ela começou a acariciar o pelo das minhas costas com o dedo.

— Hoje realizamos grandes proezas — disse ela.

— Foi incrível — respondi. — Absolutamente incrível.

Coração de rato

Era delicioso estar de novo na Noruega, na casa bonita e antiga da minha avó. Mas agora, como eu estava tão pequeno, tudo parecia diferente, e levei um tempão para me habituar às novas condições. Vivia num mundo de tapetes, pernas de mesas, pernas de cadeiras e pequenos esconderijos por trás de móveis enormes. Não tinha como abrir uma porta fechada e não conseguia alcançar nada que estivesse em cima da mesa.

Depois de alguns dias, porém, minha avó começou a inventar algumas engenhocas para facilitar um pouco a minha vida. Ela pediu a um carpinteiro para fazer várias escadinhas, e encostou uma delas em cada mesa da casa, para que eu pudesse subir sempre que precisasse. Ela mesma inventou um fantástico abridor de portas, feito de fios, molas e roldanas, e cheio de pesos que subiam e desciam por cordões. Em pouco tempo havia um desses abridores instalado em cada porta. Era só eu pisar com minhas patas da frente numa minúscula plataforma de madeira, e imediatamente estendia-se uma mola, descia um peso e a porta se abria.

Depois ela inventou um sistema que me permitia acender a luz sempre que entrava em algum cômodo. Não sei explicar como funcionava, pois não entendo nada de eletricidade, mas em todos os cômodos havia, ao lado da porta, um botãozinho introduzido no piso. Quando eu apertava o botão com uma das patas, a luz se acendia. Quando eu apertava mais uma vez, a luz se apagava.

Minha avó também me fez uma escova de dentes minúscula. O cabo era um palito de fósforo, e nele enfiou umas cerdas bem miúdas.

— *Não* quero saber de cáries nesses dentes! — disse ela. — Não posso levar um *rato* ao dentista! Ele ia pensar que perdi o juízo!

— Que engraçado — disse eu —, desde que me transformei num rato passei a detestar doces e chocolates. Assim, acho que não vou ter nenhuma cárie.

— Mesmo assim, vai escovar os dentes todos os dias depois das refeições — disse minha avó. E foi o que fiz.

Minha banheira era um açucareiro, onde eu tomava banho todas as noites, antes de ir para a cama. Minha avó não permitiu a presença de nenhuma outra pessoa na casa, nem mesmo de faxineira ou cozinheira. Vivíamos absolutamente sozinhos, e estávamos muito felizes por termos a companhia um do outro.

Uma noite, eu estava no colo da minha avó, diante da lareira, quando ela me disse:

— Fico pensando no que terá acontecido com o pequeno Bruno.

— Eu não ficaria nem um pouco surpreso se o pai dele o tivesse dado para o porteiro afogá-lo num balde de água — respondi.

— Receio que você tenha razão — disse minha avó. — Coitadinho.

Ficamos em silêncio por alguns minutos, minha avó fumando o seu charuto preto e eu enroscado no colo dela, confortavelmente envolvido pelo calor.

— Posso lhe fazer uma pergunta, vovó? — disse eu de repente.

— Quantas quiser, querido.

— Quanto tempo vive um rato?

— Ah — disse ela. — Já faz tempo que estou esperando por essa pergunta.

Fez-se um silêncio. Ela ficou fumando e olhando para o fogo.

— Bem — disse eu. — Quanto tempo *vivemos* nós, os ratos?

— Andei lendo sobre ratos — disse ela. — Tentei obter o máximo de informações.

— Continue, vovó. Por que não quer me contar?

— Já que você quer mesmo saber — disse ela —, sou obrigada a dizer-lhe que rato não vive muito tempo.

— Quanto tempo? — perguntei.

— Bem, um rato *comum* só vive mais ou menos três anos — disse ela. — Mas você não é um rato comum. Você é um rato-pessoa, e isso faz muita diferença.

— Quanta diferença? — perguntei. — Quanto tempo vive um rato-pessoa, vovó?

— Vive mais tempo — disse ela. — Muito mais tempo.

— Quanto tempo mais? — perguntei.

— Um rato-pessoa sem dúvida viverá três vezes mais que um rato comum — disse minha avó. — Mais ou menos nove anos.

— Que ótimo! — gritei. — Que maravilha! É a melhor notícia que já recebi até hoje!

— Por que você diz isso? — perguntou minha avó, surpresa.

— Porque eu nunca ia querer viver mais do que você — respondi. — Seria insuportável viver com qualquer outra pessoa cuidando de mim.

Houve um breve silêncio. Ela tinha um jeito especial de me acariciar por trás das orelhas com o dedo. Era delicioso.

— Quantos anos *você* tem, vovó? — perguntei.

— Oitenta e seis — disse ela.

— E você vai viver por mais oito ou nove anos?

— Talvez — disse ela. — Com um pouco de sorte.

— Mas você tem que viver — disse eu. — Daqui a oito ou nove anos serei um rato velho, e você será uma vovó muito velha, e então nós dois morreremos juntos.

— Seria perfeito — disse ela.

Depois disso, cochilei mais um pouco. Fechei os olhos, não pensei em mais nada e me senti em paz com o mundo.

— Gostaria que eu lhe contasse algumas coisas muito interessantes sobre você mesmo? — perguntou minha avó.

— Adoraria, vovó, por favor — respondi, sem abrir os olhos.

— No começo nem acreditei, mas parece que é a mais pura verdade — disse ela.

— O que foi? — perguntei.

— Coração de rato — disse ela —, ou seja, o *seu* coração bate a um ritmo de *quinhentas vezes por minuto*! Não é extraordinário?

— Não é possível — disse eu, arregalando os olhos.

— É tão real quanto o fato de eu estar sentada aqui neste momento — disse ela. — É uma espécie de milagre.

— São quase nove batidas por segundo! — exclamei, fazendo as contas de cabeça.

— Certo — disse ela. — Seu coração bate tão depressa que é impossível ouvir as batidas separadas. Só se ouve um som suave e sussurrante.

Minha avó estava com um vestido de renda, e a renda ficava fazendo cócegas no meu focinho.

Tive que abaixar a cabeça e colocá-la sobre minhas patas dianteiras.

— Alguma vez *você* já ouviu o meu coração sussurrando, vovó? — perguntei-lhe.

— Muitas vezes — disse ela. — Principalmente quando, à noite, você está dormindo bem pertinho do meu travesseiro.

Depois disso, ficamos muito tempo em silêncio diante da lareira. Estávamos pensando em todas essas coisas maravilhosas.

— Querido — disse ela finalmente —, tem certeza de que não se importa de passar o resto da sua vida como rato?

— Nem um pouco — respondi. — Quando temos alguém que nos ama, não importa quem somos ou qual a nossa aparência.

Ao trabalho

Naquela noite, o jantar da minha avó foi uma omelete simples e um pedaço de pão. Eu comi uma fatia daquele queijo de leite de cabra que os noruegueses conhecem por *gjetost*, que é meio marrom. Eu adorava aquele queijo, desde o tempo em que era garoto. Comemos diante da lareira, minha avó na poltrona e eu em cima da mesa, com meu queijo dentro de um pratinho.

— Vovó — disse eu —, agora que já acabamos com a Grã-Bruxa, será que todas as outras bruxas do mundo vão desaparecer aos poucos?

— Tenho plena certeza de que vão continuar existindo — respondeu minha avó.

Parei de mastigar e olhei fixamente para ela.

— Mas elas *têm* que desaparecer! — gritei. — É impossível que não desapareçam!

— Acho que vão continuar existindo — disse ela.

— Mas, se a Grã-Bruxa não existe mais, como é que as outras vão conseguir dinheiro para viver? E quem é que vai lhes dar ordens, organizar todas aquelas Convenções Anuais e inventar aquelas fórmulas mágicas?

— Quando morre uma abelha-mestra, na colmeia sempre existe outra rainha preparada para substituí-la — disse minha avó. — A mesma coisa acontece com as bruxas. No grande quartel-general onde vive a Grã-Bruxa sempre existe outra Grã-Bruxa prontinha para entrar em ação caso aconteça alguma coisa.

— Ah, não! — gritei. — Quer dizer que toda aquela trabalheira foi inútil! Quer dizer que me transformei num rato a troco de nada?

— Nós salvamos as crianças inglesas — disse ela. — Eu não diria que é pouco.

— Tudo bem, eu sei disso! — exclamei. — Mas poderia ter sido muito melhor! Eu tinha certeza de que todas as bruxas do mundo iriam desaparecer aos poucos assim que acabássemos com sua rainha! E agora você vem me dizer que tudo vai continuar exatamente como antes!

— Não exatamente como antes — disse minha avó. — Por exemplo, não existem mais bruxas na Inglaterra. Já é um triunfo e tanto, não acha?

— Mas e no resto do mundo? — perguntei. — Nos Estados Unidos, na França, na Holanda e na Alemanha? E aqui na Noruega?

— Não pense que fiquei todos esses dias aqui sem fazer nada — disse ela. — Tenho dedicado um tempo enorme e um monte de ideias a esse problema específico.

Percebi que, quando ela disse isso, um sorrisinho secreto começou a se espalhar nos cantos de sua boca.

— Por que está sorrindo, vovó? — perguntei.

— Tenho umas novidades muito interessantes para você — disse ela.

— Que novidades?

— Quer ouvir tudo desde o começo?

— Quero, por favor — disse eu. — Gosto de boas novidades.

Ela já tinha terminado a omelete, e eu já tinha comido queijo suficiente. Minha avó limpou os lábios com um guardanapo e disse:

— Assim que voltamos para a Noruega, peguei o telefone e liguei para a Inglaterra.

— Para quem na Inglaterra, vovó?

— Para o chefe da polícia de Bournemouth, querido. Disse-lhe que eu era chefe da polícia de toda a Noruega, e que estava muito interessado nos fatos estranhos que tinham acontecido recentemente no Majestic Hotel.

— Espere aí, vovó — disse eu. — É impossível que um policial inglês acredite que *você* seja o chefe da polícia norueguesa.

— Imito perfeitamente voz de homem — disse ela. — É óbvio que ele acreditou. O policial de Bournemouth sentiu-se muito honrado por receber um chamado do chefe da polícia de toda a Noruega.

— E daí, o que foi que você lhe perguntou?

— Pedi-lhe o nome e o endereço da mulher que tinha ocupado o quarto 454 do Majestic Hotel, e que tinha desaparecido.

— A Grã-Bruxa! — exclamei.

— Pois é, querido.

— E ele deu o endereço?

— É óbvio que deu. Um policial sempre ajuda outro policial.

— Meu Deus, você tem muito sangue-frio, vovó!

— Eu precisava do endereço dela — disse minha avó.

— Mas ele *sabia* o endereço?

— Sabia. O passaporte dela tinha sido encontrado no seu quarto, e nele constava o endereço. E também havia a lista de hóspedes do hotel. Todas as pessoas que se hospedam num hotel precisam deixar nome e endereço registrados na recepção.

— Mas tenho certeza de que a Grã-Bruxa não ia dar o nome e o endereço dela de verdade no hotel! — disse eu.

— E por que não? — respondeu minha avó. — Além das outras bruxas, ninguém neste mundo sabia quem era ela. Em todos os lugares, todos a conheciam como uma verdadeira dama. *Você*, querido, foi a *única pessoa* que, não sendo bruxa, conseguiu vê-la sem a máscara. Mesmo na cidade onde nasceu, no lugar onde morava, as pessoas a conheciam como uma baronesa muito rica e bondosa que dava verdadeiras fortunas para obras de caridade. Verifiquei tudo isso também.

Eu estava começando a me entusiasmar.

— E esse endereço que você conseguiu deve ser o lugar onde a Grã-Bruxa tinha o seu quartel-general.

— E continua tendo — disse minha avó. — Com certeza a nova Grã-Bruxa está morando lá agora, com todas as suas Bruxas Assistentes especiais. Os líderes importantes estão sempre cercados por um grande séquito de assistentes.

— Onde fica o quartel-general dela, vovó? — perguntei. — Você sabe onde fica?

— Fica num castelo — disse ela. — E o mais fascinante é que nesse castelo há uma lista de todos os nomes e endereços de todas as bruxas do mundo! Senão, como uma Grã-Bruxa poderia controlar suas atividades? Como poderia convocar as bruxas de todos os países para a sua Convenção Anual?

— Onde fica o castelo, vovó? — perguntei, cheio de impaciência. — Em qual país? Diga!

— Adivinhe — respondeu ela.

— Na Noruega! — gritei.

— Acertou em cheio! — disse ela. — No alto das montanhas que circundam um vilarejo.

Era emocionante demais. Entusiasmado, improvisei uma dança ali mesmo, em cima da mesa. Minha avó também estava começando a se animar. Levantou-se da poltrona e começou a andar para lá e para cá, batendo no tapete com a bengala.

— Portanto, você e eu temos muito trabalho pela frente! — disse ela. — Estamos diante de uma tarefa grandiosa! Graças a Deus você é um rato! Um rato pode entrar em qualquer parte! Só preciso levá-lo até um lugar bem perto do castelo da Grã-Bruxa, e de lá você vai poder entrar com a maior facilidade, vasculhar todos os cômodos, vendo e ouvindo o que bem entender!

— Vou fazer isso mesmo! — respondi. — E ninguém vai me ver! Andar por um castelo vai ser brincadeira perto do que tive de fazer naquela cozinha abarrotada de cozinheiros e garçons!

— Se for necessário, você poderá ficar *dias* lá dentro! — disse minha avó. Entusiasmada, ela agitava a bengala para todos os lados, e acabou atingindo um vaso grande e bonito, que caiu e se despedaçou. — Esqueça — disse ela. — É só um vaso da dinastia Ming. Se você quiser, vai poder passar *semanas* naquele castelo, e ninguém vai ficar sabendo da sua presença! Eu posso alugar um quarto no vilarejo, e todas as noites você sai sorrateiramente de lá para jantar comigo e me contar tudo o que está acontecendo!

— É mesmo! É mesmo! — gritei. — E, dentro do castelo, vou poder bisbilhotar tudo o que quiser!

— Mas, sem dúvida, nossa tarefa principal — disse minha avó — é destruir todas as bruxas do lugar. Isso realmente será o fim de toda a organização!

— *Eu*, destruí-las? — gritei. — E como vou poder fazer isso?

— Você não sabe? — disse ela.

— Diga! — respondi.

— A Fórmula para Fazer Ratos! — gritou minha avó. — Mais uma vez, Fórmula 86 de Ação Tardia para Fazer Ratos! Você vai colocar algumas gotas na comida de todas as bruxas do castelo! Ainda se lembra da receita, não é mesmo?

— Inteirinha! — respondi. — Você quer dizer que nós mesmos vamos prepará-la?

— E por que não? — disse ela. — Se *elas* podem prepará-la, por que não nós? É só uma questão de saber quais são os ingredientes!

— E quem vai subir naquelas árvores altíssimas para pegar os ovos de pássaro-croca?

— Eu mesma! — gritou ela. — Eu mesma vou fazer isso! Ainda tem muita vida no corpo desta velha raposa!

— Acho que é melhor eu cuidar disso, vovó. Você pode levar um tombo.

— Isso são detalhes! — gritou ela, voltando a agitar a bengala. — Não vou permitir que nada se intrometa em nosso caminho!

— E o que vai acontecer depois? — perguntei. — Depois que a Grã-Bruxa e todas as outras do castelo tiverem se transformado em ratos?

— Aí o castelo vai estar completamente vazio, e eu irei ao seu encontro...

— Espere! — gritei. — Espere um pouco, vovó! Acabei de pensar em algo horrível!

— Que pensamento horrível? — perguntou ela.

— Quando aquela fórmula *me* transformou num rato — disse eu —, eu não virei um rato comum que se pode pegar com qualquer ratoeira. Virei um rato-pessoa, falante, pensante e inteligente, e que nunca se aproximaria de uma ratoeira!

Minha avó estava imóvel como uma estátua. Ela já sabia o que viria a seguir.

— Portanto — continuei —, se usarmos a fórmula para transformar a Grã-Bruxa e todas as outras bruxas em ratos, o castelo vai estar fervilhando de ratos-bruxas terríveis, espertos, perigosos, falantes e pensantes! Um monte de bruxas na pele de ratos. E isso poderia ser uma catástrofe!

— Minha nossa, você tem razão! — gritou ela. — Isso nunca me passou pela cabeça!

— E eu certamente não seria capaz de enfrentar um castelo cheio de ratos-bruxas — disse eu.

— Nem eu — disse ela. — A gente precisaria acabar com elas de uma vez por todas. Seria preciso esmagá-las e despedaçá-las e cortá-las em pedacinhos, do mesmo jeito que fizeram com elas no Majestic Hotel.

— Eu não faria isso — respondi. — Não seria capaz de uma coisa dessas. Acho que nem você, vovó. Além disso, as ratoeiras seriam absolutamente inúteis. Aliás, a Grã--Bruxa que me transformou em rato estava errada quanto às ratoeiras, não estava?

— Estava, sim — disse minha avó, impaciente. — Mas eu não estou preocupada com *aquela* Grã-Bruxa. O cozinheiro-chefe do hotel já a picou em pedacinhos há muito tempo. Temos que nos preocupar agora com a *nova* Grã-Bruxa, a que mora no castelo cercada por assistentes. Se uma Grã-Bruxa já é terrível quando se disfarça de senhora respeitável, imagine o que faria se fosse um rato! Não haveria lugar onde não conseguisse entrar!

— Já sei! — disse eu, dando um pulo de quase meio metro. — Já sei a resposta!

— Então vá dizendo o que pensou! — disse minha avó.

— A resposta são muitos GATOS! — gritei. — Que venham os gatos!

Minha avó olhou fixamente para mim. Depois deu um grande sorriso e exclamou:

— Brilhante! Absolutamente brilhante!

— É só enfiar meia dúzia de gatos no castelo — disse eu —, e em cinco minutos eles terão acabado com todos os ratos, por mais espertos que sejam!

— Você é um verdadeiro mágico! — gritou minha avó, começando de novo a agitar a sua bengala.

— Cuidado com os vasos, vovó!

— Os vasos que se danem! — gritou ela. — Estou tão emocionada que para mim tanto faz quebrar todos eles!

— Só mais uma coisa — disse eu. — Antes de soltar os gatos no castelo, você vai ter de verificar se eu já dei o fora.

— Isso eu prometo — disse ela.

— E o que vamos fazer depois que os gatos tiverem acabado com os ratos? — perguntei.

— Vou levar os gatos para o vilarejo, e aí então você e eu teremos o castelo inteiro só para nós.

— E depois?

— Depois vamos examinar todos os registros e pegar os nomes e endereços de todas as bruxas do mundo!

— E depois? — perguntei, tremendo de emoção.

— Depois disso, querido, vai começar para nós a maior de todas as tarefas! Vamos fazer as malas e viajar pelo mundo inteiro! Em todos os países que visitarmos, vamos procurar as casas onde moram as bruxas! Vamos descobrir onde fica cada uma dessas casas, e, depois de descobri-las, você vai entrar e colocar algumas gotinhas da sua fórmula mortífera no pão, nos flocos de milho açucarados, no pudim ou em qualquer outro alimento que houver. Vai ser um triunfo, querido! Um triunfo colossal e insuperável! E vamos fazer tudo isso sozinhos, só você e eu! Vai ser nosso trabalho para o resto da vida!

Minha avó me pegou de cima da mesa e me deu um beijo no focinho.

— Meu Deus, vamos ter muito o que fazer nos próximos anos, meses e semanas! — disse ela.

— Acho que vamos mesmo — disse eu. — Mas vai ser divertido e emocionante!

— Diga isso de novo! — gritou minha avó, dando-me um beijo. — Mal posso esperar para começarmos!

Este livro foi composto na tipografia Adobe Caslon Pro,
em corpo 12/16, e impresso em
papel off-white no Sistema Cameron da
Divisão Gráfica da Distribuidora Record.